主编 凌翔　　　　　　当代著名作家美文自选集

如果你在这个城市遇见我

伊兵 著

地震出版社

图书在版编目（CIP）数据

如果你在这个城市遇见我/伊兵著. —北京：地震出版社，2019.11
（当代著名作家美文自选集 / 凌翔主编）
ISBN 978-7-5028-5088-3

I.①如…　II.①伊…　III.①散文集－中国－当代
IV.①I267

中国版本图书馆CIP数据核字（2019）第190353号

地震版　　XM4466/I(5806)

如果你在这个城市遇见我

伊　兵　著
责任编辑：范静泊
责任校对：凌　樱

出版发行：地震出版社

北京市海淀区民族大学南路 9 号　　　　邮编：100081
发行部：68423031　68467993　　　　传真：88421706
门市部：68467991　　　　　　　　　　传真：68467991
总编室：68462709　68423029　　　　　传真：68455221
市场图书事业部：68721982
E-mail: seis@mailbox.rol.cn.net
http://seismologicalpress.com

经销：全国各地新华书店
印刷：北京楠萍印刷有限公司

版（印）次：2019年11月第一版　　2019年11月第一次印刷
开本：710×1000　1/16
字数：174千字
印张：13
书号：ISBN 978-7-5028-5088-3
定价：49.80元

自序

如果你在这个城市遇见我

亲爱的陌生人，你好。

请原谅我固执地要用这句话开头，来写这本书的序。

如果某天，你在某家医院的重症监护室，见到一个身穿护士服，眼睛大大的女孩儿，那是我。如果你在某个城市的图书馆，遇到一个抱着书蹲在地上泪流满面的女生，那是我。如果你在某个公园，看到一个穿着碎花连衣裙，正在陪孩子玩泥巴的年轻妈妈，那也是我。又或者，你在某个小城，遇到一个身着戎装、眼神坚定自信的姑娘，那仍旧是我。正如我叫尹圆吉，但这本书记录的是我叫伊兵的日子。

这是我用人生最好的十年，奋力磨出的第一剑。

决定将书稿交给凌主编时，我家有个亲戚说，她买书肯定会考虑知名作家的、评价好的、或者便宜的。我就认真对自己进行了整体研判，我不怎么有名气、书是精装版，也不算便宜、剩下的评价更是众口难调，似乎要让你主动带她走，有些困难。

可我却觉得，你会带走这本书。自信于，我也曾在夜深人静时一个人走过黑黑的胡同，我也曾想拼尽全力证明自己，我也曾在彷徨不定的时候想过要放弃。最重要的是，无论现实如何崎岖坎坷，我都仍旧跟你一样，执着简单有梦想。

我用字串起了冬春夏秋的故事，描绘了你站在春花下认真欣赏时的眸子，低眉浅笑，温婉美好。正如你说，这世间匆忙，我们都执着地追着梦在跑。我笑，是呀，这繁花似锦的岁月，本就值得我们用青春、用生命去追。

我一直在追，并且终究实现了，那年雨后，行走在布满青苔石子小路上时，我曾许下的心愿，在30岁前，出一本可以上架到全国各个新华书店，署名伊兵的书。

这期间有蚕吐丝，蛹化蝶的执着；有你陪着我，我便什么都不怕的坚固亲情；还有我遇到的，无数像凌主编这样，素未谋面却时刻准备为我鼓掌的贵人；当然最重要的，是那个始终坚信美好，披荆斩棘拨开生活重重迷雾，活成最想要模样的自己。

你瞧，当你仔细熬过那段孤独后，你会收获只属于你的勋章。

写到这里时，已是北方仲春的深夜，小城的天气还有几分微凉，我打开窗，看到远处的路灯发出点点微光。我想，大抵就是这些忽明忽暗、忽近忽远的陌生灯光，照亮了我这十年来的不放弃不抛弃吧。

我更想，把这点微光也借给你，让你领略这世间春花雪月的美好，秋收冬藏的喜悦，万物复苏的神奇。我想告诉你，生命有美意，只要你做自己、不言弃，终究春暖自会叫醒花开。

而等你真正挨过这段时光，独自品尝过这份孤独后，你会觉得这些蹚过流年的日子里，雨露风霜，皆为风景。

如果可以，我愿意在第二本书时，继续遇见你。彼时，你也刚刚走过那段拿捏不稳的日子，你笑着说，嗨，伊兵，真巧，我又遇见了你。

2019年3月18日晚
伊兵于河南鲁山

目　录

第四辑　感恩青春里的每场遇见

第五辑　让春暖叫醒花开

第一辑　做自己 不言弃

我整理出这部分字，是希望给有缘看到，同在追梦路上的你，一点点温暖和鼓励。只有经历了秋的萧条，才会懂得春的希冀，那些不为人知的艰辛，每一件都是红着眼圈的回忆。

我想说，你要多一点勇气，这一生，在自己喜爱的事儿上，尽全力，做自己，不言弃。

做自己 不言弃

七年前，我在一个亮着烟火的夜晚，坐在办公室以这个为题目写过一篇文字。我边啃着面包边流着眼泪，看着窗外的烟火，将心情一段一段敲在键盘上。

虽然那时，我还不懂如何驾驭文字，简单一段话里，甚至有好几处不通顺的句子，可眼睛放光，心底干净透亮。

大家说喜欢那个时候的我，我也和你们一样喜欢那个时候的自己。有些傻有些笨，会抱着一箱箱打印纸跑过大半个院子，夏天的白色工装短袖湿了一大半。

加班到深夜，唯一的乐趣就是站在路灯下的十字路口，拍一张白色减速带照片，然后上传空间，记录那天的忙碌。受了委屈，没人安慰，反锁会议室的门，躲在里面低声抽泣，不争吵、不辩解、不会将抱怨和委屈挂在嘴边，浑身都有使不完的劲儿。

这应该是七年前还留着齐刘海，满脸灿烂阳光的笑，至今忘不掉的最骄傲的自己。也是那段吃苦的岁月成就了今日的我。

春夏秋冬，四季如水的日子里，我逼着自己成长，一步一步往前行。无论世事如何变迁，我依旧保持着最初的模样。

比如推杯换盏间，我总会是那个隐身的路人甲，不是我学不会世故圆滑，而是我只想用自己的方式努力，哪怕会失去一些，我也甘心情愿。再比如，此刻坐在电脑前的我，怀里还抱着我的孩子，有人说，现在修改这么多年的作品，在时间和精力上着实会有些吃力，但我还是一点一点尽力去整理。

因为，我想，在这个世界上活着，哪怕还有一丁点希望，我也更愿意活得像个自己，仅此而已。

这些文字，是我从写了很多年的字里选出的一部分，可能会有些稚嫩、不成熟，但我还是想整理出来，结集成册，也算是对自己青春的纪念。

写这些文字时，我也正处于一个迷茫期，我也同样挣扎、犹豫、彷徨，但最终，我靠着内心坚定的信念和不知疲倦的脚步，度过了那段时光。

于是，整理出版的另一个原因就是，希望给有缘看到这些字的你，一点点温暖和鼓励。让你也可以有一些勇气，这一生，在自己喜爱的事儿上，尽全力，做自己，不言弃。

秋，不悲亦不凉

秋来了，带着些许凉意的沙沙声，瞬间席卷整座城。

公交车上，一个背着书包的姑娘，怯生生地站在司机旁，每到一站她便轻声问："叔叔，到了没？"

刚开始的头两站，司机还回答说，"没有呢，早着呢。"再问，就显得不耐烦了，紧皱着眉头："不停地问，说了没呢！"

小姑娘不再言语，神情带着几分尴尬和委屈，仔细看，眼底还闪着点点泪光。

我拉了拉她的书包带子，问她到哪站。她小声说出站名。

我指了指身边的空位说："坐我旁边，一会到站了，我告诉你。"

她先是疑惑，继而无比开心地说："谢谢姐姐。"

我低头抿着嘴笑了，为结了婚还有人叫我姐姐暗自庆幸。

车继续往前开，车上坐了很多人，虽然相信我，但她的眼底仍有几分掩不住的焦虑，车每到一站，她仍会扭头看向后门。

终于，到了她要下车的那站，我告诉她到站了。

她起身拉了拉背包带子，对我灿烂一笑说："姐姐，我在这所学校上学，我们学校很美，姐姐有空来找我玩儿。"说着递给我一张小纸条，一行字的地址下面，还有一个三笔画成的小笑脸。

我接过纸条说："好好学习，记得这个站牌，次数多了就知道了。"

她笑着点头，然后转身下车。

我目送她离去的背影，看到她一蹦一蹦甩动着马尾跳下车，仿佛时光瞬间倒流。

回到很多年前，我一个人背着书包坐公交的日子，那时我怕极了坐公交，怕坐错方向，怕坐过站，怕睡着丢东西，更怕投一枚硬币看完整座城市后，陌生街道闪起霓虹，独自一人走过街头的感觉。

我将手中的纸条塞进包里，但我铁定知道自己不会去看她。因为，唯有她自己背起背包，走过城市的每个角落，品尝孤独的定义，她才会长大。我给的只能是用这点滴恰到好处的温暖，给她几分用力长大的勇气。

我也是在秋天来的这座城市，已有近十年。爸爸把我送到公交车上，他说，从今天起，你就长大了。那天，车窗外他不断倒退的身影，他的格子衬衣，他眼神里的期盼，一直延伸到现在。那天是我第一次坐公交，那年我还不到 15 岁。

后来，妈妈说，爸爸常常深夜对着我的屋子发呆，喝醉后反复问，把孩子一个人扔在那儿，究竟是对还是错。

我也思考过这个问题，但直到今天，当我真实感受到自己穿梭在这个城市里，红灯停下，绿灯行走时，我对他当初毅然决然的决定，心存感激。

我曾对老公讲起那段往事，我说，我原来特害怕秋天，一个人踩在落叶上的感觉，异常悲凉。

就像十年前我一个人拖着行李，看着天色暗下来，却无家可归的感觉。我就站在街道旁，看着骑着自行车、电动车的人从身边呼啸而过，抬头，对面的栋栋大楼里各自亮起灯光，那刻我站在街头放声大哭。

边哭边过马路，边过马路边想，我一定要凭自己的努力，站在这里。我会有个家，开门，他坐在橘黄色的灯光下等我，桌上是一杯冒着热气的茶，我再不怕秋，再不怕冬，再不怕一个人面对茫然的未来。

毕业后，我开始实习。用带教老师的一句话形容，我就像一个动力十足的小马达，还是不用油不用电不用太阳能的那种。

结果是，毫无疑问我留在了这里。

那段日子特别苦，有人说我没当过兵不懂寂寞，我很想跟他说，如若论寂寞和孤独，我在那个阶段承受的并不比你少几分。

但当经历了那段说不出的岁月后，现在每每回味，我都会为把努力做到极致的自己鼓掌。我也明白了，只要用心，生活就没有绝望。

那时最幸福的事儿，就是自己攒了半年工资买了第一台电脑。但是买了电脑就没钱装网线了，就这样在没有网线的情况下，抱着新电脑傻乐呵了整整一个月。

然后我开始捡起写日记的习惯。写很长很长的日记，把那些孤独寂寞，理不清的情绪都写进日记里。我常常会在深夜看着自己写的日记，泪流满面。

但哭过就好了，哭过就继续前进。我一度想来，支撑我度过那段最艰难日子的，不仅是努力，更是那颗不言弃的心，及那份在落叶纷飞的秋天，明明在无助地享受孤冷，却还能满怀希望不断向前的坚定。

再后来，我的字开始崭露头角，而我也从科室调到机关，开始真正写字。

我迷上总政军旅文学频道，是在到机关两个月后的一个中午，那时单位离住的地方远，我中午从不回家，躲在办公室啃面包。那天我边啃着面包边打开军网电脑，无意间走进这个平台，看着一篇篇文章，心情随着文章情节跌宕起伏，我暗下决心，我也要把我的字写给更多人看。

我没系统学过中文，甚至连最简单的词句组合都不懂，也瞬间被自己的想法惊呆了。

可还是毫不犹豫在军网上注册了自己的笔名，伊兵。寓意，依偎着兵生存。

我忘记了吃饭，睡觉，经常钻进一篇字里出不来。我的朋友说，再这样下去你会精神分裂的。

我没有生气，只是回答，有条不紊清醒地知道十年后的生活，那还叫青春？

她们惊呼，你疯了。

我的确疯了，但就是这个疯子，一个月后在频道发了第一篇稿子，那刻我疯得不像样子，暗自不知笑醒多少次，但我除了最亲近的一个姐姐外，没有告诉任何人。

我不知道自己写得好还是不好，不想卖弄，直到今天我仍旧会这样认为，这是真的。

半年后，我的文集成了点击率的周排行，月排行榜首。一年后，我成了频道编辑，再后来，我成了年度最美编辑。

直到现在，字越写越多，越写越大胆，刊物开始找我约稿，很多人告诉我，很喜欢我的字。我和搭档创办的微信公众号"第二人生"，某些文的点击率突破很多万，很多报刊也开始从这里找文，还有很多忠实的朋友每天在等待我的字。

有人说特羡慕我，可以写出这样的字，每当听到这些，我都很想回答他们，只有经历了秋的萧条，才会懂春的希冀，那些不为人知的艰辛，每一件都是红着眼圈的回忆。

我依旧在这个城市行走，或晴或阴的天气里，我穿梭在认得和不认得的人群中，写一些看似行云流水，实则杂乱无章的故事，感动着自己和喜欢这些字的人。

什么都没变，十年了，我依旧穿帆布鞋，依旧梳马尾辫，依旧穿宽松的棉布裤子，依旧在看透很多人情世故后，还坚持本真的自己，依旧一个人走在霓虹闪烁的街头。

更重要的是，我依旧写字，依旧写自己想写的字，并决定一直坚持带着这些字走下去。

只是，早已过了那个青涩的年纪，我再不怕一个人坐公交，我也遇到了相携一生的人，他包容我的小脾气，帮我理清杂乱的思绪，我也再不怕清晨推开门，叶落满地，秋带来的那种悲凉。

这些天，下班逛街时，身边的妈妈帮都在讨论教育孩子的事儿，我沉默不语，心底有丝暗自窃喜，还好，我的坚持再次有了更深的意义。

我会告诉我的孩子，我可能给他买不了名牌衣服，名牌书包，但我会教会他，人活着要为一件自己喜欢的事儿用尽全部努力。

我要告诉他，他的妈妈不漂亮，但足够努力；不够现实，但足够善良；她最动人的就是坚持写了很多字，她用键盘敲出一个个故事，把温暖传递给很多人。

我要他记住，有一份正确的坚持在生命里，人生才完整。这也是我的爸爸，他的外公教会我受用一生的勇敢。

我会告诉他，苦难和困境并不可怕，秋不悲，因为它带来的不仅只是凋落的叶，还有行走在黑夜，渴望黎明的努力；秋不凉，因为那些看似悲冷的秋雨，实则给了你更多怀抱生活磨砺，撑起艰涩生活的勇气。

秋不悲亦不凉，因为梦想的温度和坚持的热度，会让你的心和青春一样，变得滚烫。

只要有梦，秋也同样可以演绎一场风花雪月。

你还有什么理由抱怨

1

我认识一个姑娘，叫一米。

她的父亲在一次车祸中遇难，而养父又在一次矿难中不幸离开，她被养母带着远嫁到另外一个小村里。小时候我常听别人说，她是拖油瓶，我不理解，只是每次看到别人说她，她总会大哭。当然，我会挡在她的身前。

于是童年，她说最幸福的事儿就是认识我，和流浪到她家门口的一条黑色大尾巴狗，她说，她会走出那个小村子。

她很努力。考大学前，她整宿不睡觉，暑假去打工，酒店里端盘子，她满头大汗都顾不上擦，身边的朋友都问她，为什么要如此拼命。

她一直微笑不语。

2

有次跟着医院的医疗队义诊，在大山深处看到一位乡镇卫生院的院长，年过半百的他一字一句介绍医院情况，动情之处差点落泪，他说，他刚到医院当院长的时候，医院负债累累，为了一台仪器，他跑到外省同学负责的医院要来淘汰的。

他说没到医院当院长前，他是县医院的科主任，薪水待遇远远超过这个穷乡僻壤的小镇。同事、家人都特别不理解，劝他别接这个烂摊子。那段日子的艰辛可想而知，可他只是笑了笑说，我不接，这里就没有了医院，那十里八乡的乡亲们有了急病可怎么办？

3

我听说一家知名医院的外科，做开颅手术最好的专家，原本是科室一个打扫卫生的保洁。

我诧异，随后听了他让人目瞪口呆的经历，让人难以置信，但他确确实实做到了。最后退休时，他走上台对手下的学员说，在任何环境中，除了努力，没有捷径。

我常常会听到身边的人抱怨，生活不公平、工作不顺利、工资不高、待遇不好，甚至大声吵着说，不适合这个岗位，这个单位。

我自己也有过这样的时期。

但每当这个时候，我常会想起那个叫一米的姑娘，想起有次喝醉后她边哭边说，大家都说我命硬，克死了一个亲爸爸，一个养爸爸。所以我再也不敢跟这个爸爸亲近，你说我不努力，能指望谁？

在一米的身上，你看不到任何抱怨的影子，大学毕业，在大城市大企业当白领，她很爱笑，笑起来露着浅浅的酒窝，她给自己取的网名是阳光，她的个性签名是，一米阳光也可照亮自己的天堂。

我特别喜欢这个姑娘，很理解她，因为她的人生没有大树可以依靠，只能向前和努力向前。

抱怨解决不了任何问题，爸爸常说，一个再不好的单位都能孕育出最好的人才。所以，干不好的时候，先扪心自问，自己有几成过错，还有几分是自己没有努力做好的，就像今天遇到的卫生院院长。

任何职位都能创造出奇迹，这位知名脑外科专家让我想起，武侠小说里扫地的少林寺僧人，看似名不见经传，但却往往是这类人创造了奇迹。不要认为自己的职位有多卑微，其实更多时候，谷底的卑微会促使你更有反弹的力量。

你还有什么理由抱怨？抱怨不公，抱怨谁与谁比自己的出身好，抱怨谁有什么，而你没有。

其实不然。生活和工作，乃至生命都是对等的，失去一半就会得到另一半，你拥有的或许正是别人羡慕的。

丢下抱怨和埋怨，把每件事情做到极致，对得起生命的每个阶段，剩下的就是坦然了，很多时候，当你真的放下了，就会发现负重的壳没了，只剩下勇往直前的勇气。

莫抱怨，勇敢过好每一天。

即使是尘埃，也要做最别致的那粒

当阳光撒向地面时，那粒粒小尘埃会亮出不一样的光芒，有的耀眼，有的暗淡，还有的丝毫就看不到光亮。有人说，有什么啊，再亮也是尘埃。

她笑着摇头，认真地说："即使是尘埃，我也要做最别致的那粒。"

认得她是在初中二年级，她是转校生，黑黑瘦瘦，给人一种营养不良的感觉，论长相，是属于那种扎进人堆里，几乎扒拉不出来的那种，但她学习特别好，尤其是数学和物理。

一般数学好的人分为两种，一种是天生聪明，一点就通，这种人仿佛周身长满数学细胞。另一种则是没天赋没天分，全凭使出吃奶的劲儿努力。

她便是第二种，每天早上五点钟起床，拿着手电筒看书成了她的习惯，常因一道题演草到深夜，第二天带着大大的黑眼圈上课。于是不知道从什么时候开始，她多了一个外号，老猫。

在那个外号盛行的年代，一个外号足有响彻江湖的功力，我们都会对自己的外号表现出愤怒，唯有她笑嘻嘻地答应。她说叫猫多好，猫有好多条命，这样未来就有好多机会去拼。

这句话，让同为女孩的我，瞬间对她顶礼膜拜。

直到现在回想起来，那个时候，她已经是那粒不一样的"尘埃"了。

再后来我们也没逃过毕业即是分离的固定模式，渐渐，除了一个QQ和一个从未拨通的电话外，再没其他联系，甚至她上了哪所大学，去了哪个城市也未知。

只是，我经常会看到她在空间晒出照片，或是一片盛开的小花，或是一栋叫不出名字的建筑，往往伴着她经典的说说，我从不评论也不转发，只是看着她在属于她的城市，从颠沛流离到幸福相依。

直到今天，当我看到她发出西藏和拉萨的照片时，再也按捺不住，我问她西藏美吗？她说，随手一拍就是明信片，她说，这里有最美的格桑花，最后她说，真的很美。

再一次，我对她顶礼膜拜。

我记得很多年前，我们前后桌，她使劲儿拍我肩膀，扭过头看到她手中的书上写着一句话，西藏美得就像一个童话。她说，我要去西藏。我说，那也是我的梦想。

她看着我的眼睛，再次认真地说，等我长大了，等我毕业了，我一定背着包去看一看这个美得像童话的地方。

那天阳光打在她自来卷刘海上，那瞬间我特想说，老猫，你美得就像一个童话。

实话说，老猫的成长像部电视连续剧。我记得有次课间，她趴在桌上哭，我传给她小纸条安慰她，她给我回，放心吧，这么多年都过去了，我知道该如何坚强。

关于老猫的家庭，我不想说太多，也就是恶俗的电视剧情节，用她的一句话来形容就是，我多想向我的亲生妈妈，喊一声妈。

我问老猫，西藏是不是有种叫鸡血藤的手镯，听说有治关节痛的疗效，我找了很久。她说，等我，九月二号到家，你来找我拿。

　　我没说谢谢，因为我知道，说出了这两个字，我们就不再是我们。

　　我也知道，老猫跟我一样，最怕的就是这两个字。

　　她说，一个人在一个城市颠簸，最怕的就是欠下人情和别人跟自己说谢谢。因为谢谢出口，这两个字会搁浅你对他做出的所有努力。

　　还有就是欠下人情，她说任何时候，自己努力的才踏实，任何时候都有理由，让自己成为那粒最别致的尘埃。

　　看着她在空间发出自己做的西藏攻略，看着她拍出那种美的像童话一样的照片，很难想象，这就是曾经那个趴在课桌上傻哭的女孩儿走过的路。

　　说实话，我特佩服她，不是因为她走得有多远，而是西藏是我们的梦，我一直停在这个梦里，而她却已将自己的脚步踏实地踩在我向往的童话里。

　　其实，就像老猫说的一样，再细小的尘埃都能折射出最美的光，只要认真打磨，把经历的风雨用作磨平棱角的过程，当那缕光投在你身上时，你会被自己的美惊呆。

　　而我们每个人都是那粒最小的尘埃，渺小但不卑微，因为无论贫富，无论姓甚名谁，当你成为自己的那刻，你已是自己的主角。

　　姑娘，相信我。只要心向阳光，不抛弃不放弃，车轮似的年轮，终究会给你一个承载梦的载体，到那时，那些荆棘，那些彷徨，和那说不出的孤单，都会一起消失不见，推开门，会看到幸福正在向你敞开怀抱。

　　即使是尘埃，也尽全部努力做最别致的那粒。因为，当阳光折射在你身上时，你美得就像一个童话。

岁月这条河，盛满了故事

相信我，岁月不会轻易伤害任何人，他总会找到你，抚平你心底所有忧伤，给你今生最好的温暖。

闺密打来电话，长途，穿过无数城市。她在那边笑着说，嫁对了人很幸福。

纵使大白天漫天风沙会把整个世界变成红色的；纵使除了几个跟她一样的随军家属外，再没有亲友；纵使想吃一碗家乡的麻辣面都是奢侈的事儿。她还是笑着说，库尔勒是个很美的地方。

她已经可以笑着谈到过去，也在我预料之中。她说，那些人，那些事，真的都不再重要，只是那天看到诺基亚手机纪念版广告时，还是有那么一点揪心，虽然只是一瞬间。

那个人我知道，我曾看着她彻夜坐在床头流泪；我曾看着她彷徨不知所措的目光；也曾听到电话里她绝望的声音，她哭着说："圆儿，我该怎么办？"

她很坚强，一如我的个性，很多不必要讲出来的故事，都会烂于心间。当撑不住时，当她哭着问我怎么办时，我知道，她此时的孤单真的很彻底。

那段日子，她的体重直线下降，锁骨越发明显。她自嘲，这下减肥变得简单多了。

想起那时，看到现在，我倍感欣慰。原来终究会出现一个人，带走所有充斥在你生活里的忧伤，将你包裹在一个安全温暖的世界里，不再让你受一丁点委屈。

而那些曾以为无论如何都忘不掉的，无论如何都丢不下的，也真的没丢下，而是将他盛在记忆的一片角落里。不咸不淡，偶尔翻起，也只剩下微微一笑。

最好的淡然，莫过如此。

昨晚一个姑娘在微信上留言，她说替她的一个朋友，谢谢我。她说她的朋友看了我的文，心情轻松了好多，心底的忧伤少了很多。

她的留言里写着，我们家谁谁。让我想起很多年前我也有很多这样的朋友，我们常常会说，这是我们家的某某。

我懂这种关心，这种没有理由却将对方当亲人的感觉。我说，我会尽量写，告诉这个姑娘，时光会用另一种方式告诉你，你正在经历的，你认为最痛苦、最孤单、最失望的感觉，只不过是成长必须经历的一部分。

跟一个朋友聊天，她给我讲，当年一个哥哥给她介绍对象，第三次见面，男孩将车停在宾馆门口，昂起头问她："你真的要回家？"

女孩点头说，回家。男孩儿继续问："以我家的条件，你还会不做我女朋友？"女孩看着他，很诧异地笑了笑，拎起包拉开车门，扭头离开。

女孩跟我说，这是对她的侮辱。她说，那时候太小，要是现在就朝着他的 X5 上狠踹几脚再走。

我笑着说，你知道为什么你是我最好的朋友吗？就是因为这个，我们的个性太过相像。

这成了路过她生命中的一个小镜头，现在听起来还有些好笑。现在她遇到一个男孩儿，朴实真诚。她说，该出现的，终究会出现，岁月待谁都不薄。

周末结婚的姐姐，是我来到这个城市，第一个给我带包子的姑娘，二十八岁。

我来医院时，她二十三岁，长得跟朵花儿一样，却拒绝很多人介绍对象。不是她要求条件高，而是心底有一段挥之不去的记忆。

我们窝在一张床上，听她讲那些故事，那些转瞬即逝的美好时光，她却就那样沉浸在回忆里。每次讲起她都会笑着说，那段日子多好，要是他不离开，该有多好。

谁也不能将回忆的种子种在嘴里，然后停在美好的梦里。我理解她的难以忘记，可旁人看她的奇怪目光，却没有这般如意。

终于，告别过去，一遍遍努力，一次次失败，我看着她将齐腰的长发一段段剪短，看着她挣扎在这些路过之人的故事里。

当她前些日子将请帖递到我手里，笑着的脸上一扫往日阴霾。她说，遇到了对的人，就是这样快，不需要思考。

我笑，真心替她高兴。

她说，其实那些故事都没忘记，你参与过我所有那些日子，你要来见见这个哥哥。我说，当然，我一定去。

幸福不是说来就来，而是当你承受够所有必须承受的东西后，才会来。而幸福也不仅仅只出现在最后，因为世间万物相互关联，说不定下一秒的遇见，就是属于你真正的幸福。

相信我，走过这段路后，回头看，现在你承受的孤单，你忘却不了的记忆，你想到的他，弥漫在心头的苦楚，都将成为记忆深处那沧海一粟。

那些存乎在你生命中，带不走的，丢不掉的过往，都会深埋在记忆的某个角落里。

岁月这条河里，盛满了故事，不差多出这一件。

而你现在要做的，就是勇敢前行。努力生活、用心工作，准备好迎接属于你看似遥不可及，却绝对会触及得到的幸福。

到那时，站在你身边体贴入微的他，配上你最喜欢的婚纱，笑颜如花的你，就是天下最幸福的新娘。

现实里，你的梦还能撑多久

十二年前，上卫校时，参加演讲比赛，站在台上直哆嗦，最后看着学校那个又漂亮又有气质的姑娘，拿过奖杯，笑着从我身边走过时，自己无不遗憾，无比羡慕，同学说，放弃吧，写诗当不了饭吃。

生活就是一锅水，你就好似放在锅里的青蛙，有人说慢慢炖着的时候，你会反抗，会求生，会想尽一切方法跳出去，给自己一个生还的可能。

可生活并不仅仅会给你一锅清水，一口可供你逃生的浅口锅，以及少许在把你烫死之前就会自动熄灭的木炭。不要忘记还有锅盖，那个足以让你窒息，将未来的路变成绝望的利器。

我有很多朋友，素未谋面，我却当作知己，因为懂文字的人，是没有距离的。他们告诉我，一直很喜欢字，年轻的时候，写过，写了好久，还有的说，文档里一直存着那部写了一半的长篇小说。

我问那为什么不继续。他们的言语中无不都是无奈，我习以为常他们的回答，生活不允许，现实不允许，我听到的时候只是笑。

我上初中时，看过一本杂志，特别喜欢其中几个签约写手。那时农村，根本买不到最新版杂志，那本是从市区转回老家的同学带回来的，但也与当时时间差了一年多。我看了好多遍，甚至用小笔记本抄了下来，就是我前些日子写的那句，我坐在回忆里听故事，一半明媚，一半忧伤。

后来，我就开始写字，我写了六千多字，一篇校园小说。小说写在那种印着红格子的稿纸上，打好草稿后抄了一遍又一遍，只为保证纸张页面是工整的。

当时没网络，我就在信封上贴了三张八分的邮票寄了出去，还在信封里夹上五块钱。我给编辑的留言是，这是我写的第一个故事，若是不喜欢，还烦请您给寄回来。

两个月后一个下午，班主任递给我一个信封。不出所料，一句评语都没有，只是原原本本被寄回的稿件。我看着厚厚的一摞稿纸，和稿纸上我努力写清秀的字，无不讽刺。

坐在后排的男生说，没事儿，他们不喜欢，我们喜欢，你写给我们看。

他的鼓励或许只是顺口的一句话，但我却坚持了下来。前年他结婚，我去他家，我夸新娘的婚纱照很漂亮，他笑着说，还好，嗯，不是，是挺好的，不过你结婚的时候，肯定会更漂亮。

末了，他问我，我们都结婚了，你还在写字吗？

我笑了笑没有回答。

追溯到三年前、九年前、十年前、甚至十二年前，我唯一的记忆就是时断时续写在纸上的字。

当然，我没有以文为生，我的文笔也远远达不到让自己用文字来生存的境界。但我总也不想放弃，挣扎在这种过程中，纠结二字远远比想象的更加让人头疼。但很奇怪，我总能找到让自己释然的理由。

我常常想，就像旁人说的，最后的最后，我的信仰，我的文字都变得一文不值，没有人每天期待我的更新，没有人笑着跟我说，我们陪着你的时候，我会怎样。

每次思考都会让我头疼，于是我学会了在楼下散步来缓解。

我看到一位满头白发的保安大伯，安静地坐在岗亭前的凳子上，饭盒里是一些看起来都已经干了的咸菜。他用筷子夹起放在嘴里，然后啃口馒头，我看着夕阳下的他，他看着我笑。

笑里不是无奈，不是牵强，不是渴求的怜悯，是一种说不出的感觉。他曾说，没想到退休了，还得来熬夜班，为了这几个钱。

我安慰，他却笑着说，不用，姑娘，我很知足，我还能干得动，到了我们这把年纪，什么都看透了，生活就是这样。

我从旁人口中听过关于他家庭的变故，但我不愿意说，因为我知道他比我更了解生活，他说他也曾有过梦想，说起的时候眼神里满满都是亮光。

生活改变了一个人的模样，给人的压力和无奈，远远超过我们的想象，我们不知下一秒会发生什么，一路上还会遇到什么。

或许有天在接近终点的时候，发现我们一直的坚持真的毫无意义，只有脚下的生活，那些被不屑一顾的利益才是我们应该执着的东西。

然后我们变得城府了，放弃了。后来，我们还会提起，提起时摇着头遗憾。再后来，我们不会再提起，只是一个人的时候，想起心会微微作痛。

因为，我们终究成了生活那口锅里，被乱炖的青蛙。无论愿不愿意，都要被迫接受现实。

我承认不狡辩，当我也写着写着，走在不知未来的路上时，我也想过要放弃，放下就不会如此疲倦，也不会如此看不到未来和希望。

我不是不懂现实，我懂没有五毛钱就买不到一个馒头。我懂生活不像笔下的字，写的温暖就真的温暖。

但却也无法改变自己，于是我变成了现实里的另类。

我还是愿意坚持自己，我还是愿意将文写下去，或许没有任何理由，又或许理由就是，我愿意。

执着一生，不是口头说说而已，但我愿意这样做，不求未来，不求结果。

对了，后来我也参加不止一次演讲比赛，而我成了那个赢得阵阵掌声，让别人羡慕的第一名。

现实和梦想同时开花，原来这就是历经所有浮沉，岁月给予成长最好的礼物。

但我知道，无论我羡慕别人，或者别人羡慕我，一切都会有个终点，我在期待着，期待着那个或许输给现实，或许打败现实的结局。

当然，我希望是好的。

越磨砺 越幸运

　　今天的小城，依旧很闷热。我不敢出门，也不敢开空调，因为医生说开空调太久，会缺氧，而出门更怕闷热缺氧。只能对着窗台就这样，坐一会儿站一会儿，再坐一会儿，再站一会儿。

　　朋友圈到处都在发关于明天的立秋和黄色雷电预警。

　　我不知该庆幸还是该郁闷，终于最炎热的夏季要过去了，不用在中午气喘吁吁地走那段被火烤一般的上班路，听起来貌似很开心，但是现在的雨天对于我来说更是个挑战。

　　比如，单位门口那铺了地板砖的几节楼梯；再比如新小区还没绿化的"绿化带"旁边，几条又长又粗的大蚯蚓，猛地出现在脚边儿；又比如被风掀翻的雨伞，甚至还有路边闭眼冒雨骑自行车的熊孩子。

　　这些对于在雨天曾有过摔倒黑历史的我来说，都会让我害怕。嗯，讲到这里，我要给大家公布一件喜讯，我不再是一个人了，我是一个准妈妈了。

　　这也就是我走路小心翼翼害怕雨天的原因。看过我朋友圈儿的小伙伴们都知道，原来的我有着较好的"弹跳技术"，走路像一阵风，笑起来整栋楼都能听到。让我突然把自己当作一个"弱不禁风"的女子来对待，说实话还真有些艰难。

于是，摸索在这条路上，我开始学走路，是真的学走路，前期卧床三个多月后，肌肉萎缩，每走一步都是钻心的疼，每下一阶楼梯，我都会咬咬牙，扶好栏杆，悄悄跟自己说句加油。

那时候我好想跟大家说说我正在经历什么，可是真的到了今天，我却什么都不想再重复。关于我学会了躺在床上给自己肌肉注射，关于单单我最怕的屁股针就打了130多针，关于到现在我的两只手上血管还是斑斑点点，关于药物过敏时的危险事儿。到了现在只想用四个字来概括，拼尽全力。

不，还有一句，感谢上天给我如今的惊喜，一切付出都是值得的，再苦再难，都该感恩。

现在的我，只想跟大家聊聊家常，就像我每天上班路上，路口那棵夹竹桃开出白色的花，一大簇一大簇的耀眼好看。可我保证没摸，因为老妈千交代万嘱咐花儿有毒，单单是你可以摸，但你现在不是一个人了。

这句话，当真是甜蜜的小负担。

小城跟往常一样，或许是一样吧。因为离开了八年，回来家还在，妈还在，只是少了三两好友，生活略显孤单。因为妈妈家离上班的地方远，我只能一个人住在离单位近的家里，除了上班外，回到家经常一天不说一句话，不是不想说呀，而是没人跟我说。

在此之前，我从未想到胆子小到爆的我，敢一个人住在新房里，天天只要一做饭就是黑暗料理的我，能一个人拖着身子，冒着太阳去买菜，然后做饭，保证饭熟，有营养。这些对于上得厅堂、下得厨房的女人来说，应该不是难事儿，可是对于我，尤其是这个时候的我来说，有点难。对，有点难。

不愿意说很难，因为一咬牙一跺脚就能过去的日子都不叫艰难，也不愿说苦，因为能说出的苦都不叫苦。即使夜里哭过好多次，也不愿意承认，因为比起那些不能下床，每天怀揣期待又害怕失望的日子来说，这都是幸福的。

可我们终究是被生活和岁月百般折磨的凡人。超凡脱俗，不懂人情冷暖，只不过是自己画的一个圈儿而已。

这生活就是苦与痛的结合体，哪有时间伤春悲秋。前段时间有个小伙伴给我发了一句话，他说，姑娘，越磨砺，越美丽。我看着很喜欢，但也只是片刻，因为我现在世俗了嘛，所以，越磨砺，越美丽是不靠谱的。我磨砺了，可也长斑了，头发剪得像个蘑菇头，哪儿还美丽。但越磨砺越幸运是真的。

从医院辞职后，我有幸回到了小城的武装部工作，这就是我朋友圈里说的"兵之初"的地方，在这里我又遇到很多倾心相待的同事，他们也穿绿色的军装，他们跟我一样两地分居，他们会跟我说，小尹呀，照顾好自己。

所以，我将回来后的第一篇文的题目改为了"越磨砺，越幸运"。

衣襟上的眼泪

桂香笼罩整个院子，走在月下，身边的嘈杂似乎都已消失不见，偶有熟人，点头打招呼，尔后走过。书上说，习惯，会变成一件可怕的事儿。

就像自己，总会看到一些东西，想到一些事情，尔后坐在这里感慨。

身边一位姐姐穿着帅气的军装，英姿飒爽。那天，当她学完手工标图从会议室出来时，边打包文具边说，老爸原来的标图最厉害，现在我们家还放着当年他用过的云形板。

我抬头看到她红着眼睛，呆呆地看着桌上那张画满圈圈点点和线条的图。

我在她贴身的钱包里，看过她穿着军装帅气的老爸，她的老爸在一次公差车祸中不幸离开。这条路是她给自己选的，嫁给军人，而自己也是军人。她常常对我说，直到现在她看到自己的孩子，总会想起很多年前老爸愧疚的眼神。

可她依旧就是这样。跟她一起出差，坐公交，杭州四十多度的高温下，她拖着行李箱，穿着高跟鞋，一溜烟儿小跑。

我在后面拉着行李箱追。再后来我出了一身盐巴，神奇般治好了困扰已久的痘痘，而她后来又连续辗转四个城市，在外十五天后，高烧感冒了好一阵子。

身边一位哥哥，外省人。周一，看到他眼睛肿着来上班，很久之后才知道，他没来得及回去见父亲最后一眼。

遗憾总会有很多，可至亲离开，这种伤痛何以忍受，更何况最后一眼都没见。可他没说一句埋怨的话，只是依旧低头改汇报稿，一遍又一遍。

昨天在朋友圈看到一个说说，图片是红肿破皮的膝盖，配的话是，很久没爬战术了，动作都生疏了。看了觉得心酸，于是留言说，可怜人。

收到的回复是：训练嘛，磕磕碰碰难免的。

我经常看到大家身上带这样的伤，从诧异渐渐变为习惯，但每次看到还会揪心。

从不相识的陌生人，到身边的朋友和自己的老公，看了就觉得心疼，可往往听到的都是同一句，男人嘛，这点苦算什么。

一直以来，坚持嫁给军人的理由，就是军人吃过一般人没有吃过的苦，那些磨砺，那些艰难的日子，他们经历过，于是未来无论发生什么，他都不会再觉得是苦。

后来发现，这些故事也在潜移默化影响着我，渐渐发觉自己也会把苦转变成甜，总有一定理由去原谅，原谅那些有意无意伤害自己的人。

常常这样劝慰自己，佛家说，人这一生，吃的苦和享的福都是注定的，年轻的时候吃点苦，等到老了才会享福，而且和他们比起来，总觉得，这算什么苦。

无论委屈的眼泪怎样憋回去，无论遇到什么，都会暗自告诉自己，我是小伊，还有姑娘挺不过的日子吗？

可现实也是真的，当你听过去那些事情时，你会发现，总会有人愿意竭尽全力帮助自己，给自己特有的偏爱。

没有在深夜里痛哭过的日子，不叫青春。没有在行程中彷徨过的日子，不叫青春。而对于我们来说，没有尽全力努力过的日子，大抵也不能叫青春。

一直相信，上帝是公平的，苦就是福。只要努力向前，只要不断向前，落在衣襟上的眼泪，总有一天会变成最耀眼的珍珠。

风吹过的从前

我弟弟说，他很心疼他的班主任。

弟弟在高中的清华班，就是我们常说的尖子班，每天早上五点起床，中午吃饭十五分钟，下午吃饭十五分钟，一直到晚上十点二十放学。

我跟妈妈说他辛苦时，他总说，这是为了自己的未来，而真正辛苦的是他们的班主任。

说每天早上班主任第一个到教室，晚上最后一个离开。学生调皮，他要教育；学生精神压力大，他得想办法疏导。其实他们的教学压力超级大，但面对学生，要非常理智地判断，并且做出准确的应对措施，保持和蔼的态度。

我见过他们的班主任，温文尔雅，跟我说话时，就好似和煦的春风。

但弟弟说，他见过两次不一样的班主任，一次是在自习课上，班主任本是给他讲题，题讲完坐在他旁边的凳子上，可能是太累了，坐下的那瞬间，疲惫溢满全脸。

还有一次，是弟弟住校那几天，班主任是年级主任，要查全年级的宿舍，深夜他去厕所，看到前面有个光，仔细看，班主任倚着墙睡着了，手里握着的手电还亮着。

生活不易，每个人都不容易，在我们县一高中每名老师都勤恳，但弟弟说，学生们最喜欢的就是这位老师，因为他总像一个朋友。

我也很喜欢这位老师，因为每名老师在分到教职岗位上时，都壮志满怀，但时光会改变许多，在很多年后，仍旧保持那颗与孩子们做朋友的初心，多么难能可贵。

同时，正是这颗初心，让我们都对他尊敬有加。

前段时间，我跟朋友圈里一位领导聊天，那天是腊月二十三，小年。我看到他朋友圈更新的图片，知道他又出差了，于是跟他说，今天过小年了，吃点自己想吃的，歇歇。

他回复说："太累了，两天跑了四个城市，顾不得过节了。"

末了，他又说："我都这么累，可想我手下的弟兄得多累啊！"

仅这一句，我挺感动的。论官职，他应该是体制内决定很多人前途的大领导了，但他没有架子，很喜欢做善事，骨子里居然是个文青，并且在很多年后，自己在做到这个官职时，没想到自己顾不得过节，而心想的却是手下的苦累。

我不是体制内的，我不想评说什么，我只是从我个人的视角看过去，我认为这是个好人，至少从内心深处，他能体会别人的苦和难，单单这点就难能可贵。

我爱写字，我曾有过梦想，写很多很多的字，写进一部分人心底，今后出一本散文集，不求畅销，能让买回去的每个人都耐心看完就行。

这大概是我十八岁时的生日愿望吧。

今年我二十八岁，有了孩子，仔细看眼角已有遮不住的皱纹，脸上的斑点也告诉我不再年轻，岁月在我脸上已经落下痕迹。

但有我微信的朋友都会知道，我仍旧坚持写字，仍会趁着孩子睡了时，写上几行。

前几天赶一篇稿子，由于孩子不让别人抱，坐在我怀里，因此我一边抱着孩子一边打字，这一幕被家人拍下来，我看着自己，原来写字的我，是这般模样呀。

然后，我想，其实自己，能在这分身乏术的日子里，坚持写字，也算是保持初心吧。

保持初心的原因，是兴趣和热爱，让我舍不得停笔，就算是孩子睡了的深夜，我累到极致，还是喜欢写点儿什么。还有就是，我总想，能在这般平凡的日子里，做出点儿稍微不太普通的事儿，一辈子这么长，总该做出点儿什么留作纪念吧。

我想，那位老师和那位领导也是一样的吧，他们不变的不仅仅是初心，更是想在简单平淡的生活里，做出点儿不平凡的事儿，无愧于心，无愧于己。

这个季节，小城已是春天，街道两边都是粉色的花儿，微风一吹，轻轻飘落，美极了。

我想正是因为花儿的不忘初心，不停汲取阳光雨露，我们才能看到这么美好的画面。

或许，花儿的世界也跟我们一样，有竞争对手、不公平的身份、没有得天独厚的地理位置、甚至还会遇到故意折断花枝的路人，等等等等的艰难。

可花儿，还是开了呀。花还是开满枝头，终给我们带来了满城芬芳。

植物如此，我们是人，为什么不能按照心之所向的剧本去演绎自己的人生？

此刻闭上眼，回头想想，那年，风吹过耳侧，你闭上眼暗自许下的誓言，找一找当年的那个白衣少年。

悄声跟他说一句，好久不见。

生活可以不复杂，只有晚风轻抚着脸颊

兵送完了，紧张的几个月过去了，我终于可以抽出时间，在阳光洒满窗台的下午，泡上一杯菊花茶，坐在电脑前，捧上一本自己喜爱的书，看上几眼。

好似，如此，便拥有了整个世界。

吃午饭时，身边一个不太熟，但天天见面的同事跟我说，你的个性很释放啊，这样的衣服你能穿着上班吗？

思绪，有一分钟抽离，想象一下，穿上绣着桃花的民族风大衣，走在军装人群中的样子。关上淘宝，我说，还好啊，我似乎一直都是这样。

比如，上午我在换单位军号声时，又一次听到那首《绿军装的梦》，当唱到那句，长大以后的我，还想穿绿军装时，心，突然就揪了起来。原来，无论多久，情怀这种东西，总还在骨子里。

想起，第一次听到这首歌时，也是在一个秋日午后的阳光下。

那是一个有着大操场的营区，当音乐响起时，秋季特有的那种不骄不躁的微风拂过我的脸，阳光洒在我的迷彩上，我急忙问身边的哥哥，

我说，呀，什么歌，这么好听。

他笑，你这个军迷，没听过吗？这歌词写得基本跟你一样呀。

我扭头寻着声音望去，看到好几个穿着迷彩的战士从操场上跑过，阳光下，是一张张帅气好看映着青春的侧脸。

一晃就是四年。巧的是，那是我第一次用护士和记者的双重身份，穿着迷彩去部队。居然恰好是爸爸的老部队。遇到一个送我子弹壳的小战士，第一次打靶。那天我写下了一篇字，让很多人记住了有个叫伊兵的姑娘。还有，我第一次听到这首歌，这首歌里的故事真的跟我好像。

那情那景，犹在眼前。四年后，我把营区的喇叭里，换了这首歌，我跟一起换歌的叔叔说，很小很小时的我，也很想穿绿军装。

说完，低头，看我身上的春秋常服，笑了。

梦，成真了，可日子，似乎却越来越趋于平凡。

其实，自从离开部队医院后，我不敢再提笔写字，因为经历太多了，怕字里有风尘，怕细碎的烟火气多了，故事不再那么纯粹。

直到最近我遇到一个人。

有次去县里某局办事时，我看到一个穿着民族风衣服，戴着孔雀耳环的姐姐，画着精致的妆容，出于对这种服饰的喜爱，我看了她好久，目光相遇，她笑，我第一次发觉，短发女生的眼里也可以发出如此温柔的光。

第二次相遇，是在县里组织的一个会上，她穿着白色的素色裙衫，粉紫色打着中国结的耳饰，拎着一个文艺的麻布手袋，从我身边走过，脸上仍旧是淡淡的笑。

再见到她，是在我每天上班骑着电动车必经的路上，路叫尧山大道，新修的，路很宽，早上有很多人，晨练的、遛狗的、买豆浆油条路过的，还有像我一样赶着去上班的。

就在这么一群人中，我一眼就看到了坐在路边的一棵树下，一身粉紫色裙子的她，她在看书，不止看，还大声读。一声一声，声音洪亮。晨起的阳光落在她好看的侧脸上，她旁若无人，认真对着书朗读着。

好看极了。

在这么一个慢节奏的小城里，真的，好看极了。

那是努力的模样、是追求完美的模样，是甘于平凡但不平庸的模样，美得像一幅画。我在想，这大抵就是一个女人，脸上为何能时时挂着淡淡的笑的原因，源于自信、源于不懈努力、源于不与雷同，源于对自己向往的生活的笃定。

每每这个时候，我都会放慢电车的速度，从她身边悄悄经过，没有打招呼是因为，我相信，如若有缘，我们会再相遇，比如哪个街角，相视一笑，犹如多年未见的老友。

突然，我就明白了，只有这么甘于平凡，才能追着梦继续走，才能认真体会在这种平凡到底的日子里，也有数不尽的温暖和故事，细碎杂乱，却亦美好。而我，该捡起笔，用自己最爱的字记下这一段段平凡岁月里最真实的美好。

而你呢，此刻的你在干什么呢？奔波在回家的地铁上；刚跑完五公里；行走在某个城市的人行道上；刚刚把晚饭食材洗干净下锅；又或者刚坐在宿舍床边拿出手机……累了一天辛苦吧，是不是很疲惫，甚至会想，这么永无止境的日子还有多久？

别怕，其实日子很长，但只要心中有牵挂，眼里有风景，一个人再难熬，也不会感到孤独。或者跟我一起，看一看窗外吧，你渴望的远方，那个有她在的地方，想一想她拉着你的手撒娇时的模样……忍不住笑了吧。

岁月悠久，故事琐碎，可，晚风是真的。

第二辑　世界再大，也要回家

　　亲情就是，无论走多远，无论年龄有多大，在她的眼里你永远都是那个贪吃的小孩儿。亲情就是，当她变得无力爱你时，你学会了怎样去用最合适的方式去感恩和回报她，用自己的力量保护她，给她安全和幸福，这种无声的延续和永恒传递着的情感，叫作亲人的爱。

　　正是这种无声无息的爱，总会在最初的地方教会我善良、勇敢、执着和无悔。

一句话的爱

5岁，跟伙伴打架，妈说："你爸说，你一个丫头再跟人家打架他就不要你了。"我哇哇大哭，哭着喊着："我本来就没见我爸要过我，疼过我。"

11岁，小学毕业，妈参加毕业典礼时说："你爸说，部队忙，他回不来了。"我看着身边的同学被爸爸抱起，发呆。

14岁，初中毕业，妈敲开我的房门，拿着成绩单对我说："你爸说，让你别想其他的，去上卫校吧，当个护士挺好。"我哭了，将梦想藏在了心底。

17岁，卫校毕业，妈来到宿舍门口接我时说："你爸说，不让你去外地，必须回家实习。"我无言，撕毁了去外地的那张已经盖过章的单子。

18岁，实习结束，妈守在医院门口，看了看和我并肩走着的他，拉过我说："你爸说，让你去其他医院工作，跟他就保持到朋友关系吧。"我木然，继而昂头冷笑。

19岁，在新的医院，正式拿到合同的那天，电话里妈说："你爸说，不要骄傲，路还很远，才刚刚开始。"我看着冰冷的屋子和陌生的城市，回答"知道了"，使劲儿挂断了电话。

20岁，由于工作突出被调至机关，拿着调函高兴地回到家，妈说："你爸说，三分做事七分做人，你嫩着呢。"我不再争辩。

21岁，我告诉妈妈，我接受了一个男孩子，妈说："你爸说，不要胡乱发脾气，更不要卑微迁就，其实你还太小。"

22岁，冬天很冷，飘着雪花，我刚下车就看到在车站等了很久的妈妈和他，他依旧一言不发，我生气地开车门上车。妈递过来一身乳黄色的带着一身兔子头花型的棉睡衣说："你爸说，问你喜欢不喜欢，不喜欢就去换一身。"

我终于忍不住咆哮："他就在前面，怎么不愿意亲自跟我说？"

他依旧是沉默不语，透过车里的镜子，我看到他故意微抿着嘴角的笑。

快到家时，我睡着了，迷迷糊糊听到他对妈妈说："到超市门口时喊喊她，问还需要点什么，带她去买；问问她，给她屋里新买的窗帘颜色她喜不喜欢；还有告诉她照的那套化得跟那鬼一样的写真照片，除了迷彩那身装扮外，都给我扔了。"

我听着偷偷笑，只是湿了眼角。

"额娘"

自从《甄嬛传》热播之后，我们家"可爱女人"在饭桌上就对我们仨下了道圣旨，以后"娘亲"称呼改为"额娘。"

这一圣旨虽然让大家稍稍惊讶地张大了嘴巴，但随之就恢复了平静，"从'娘亲'到'额娘'也就小半年的时间吧？"这时弟弟放下筷子说。"'娘亲'是《仙剑奇侠传》热播的时候让改的称呼吧？"和弟弟一样大的双胞胎妹妹回应道。然后不约而同看着我，继而，我们仨大笑。

但母命难违，"额娘"这个词汇终于在我家"大兴开来"。哪一句喊的开心了还会受到"额娘"的赏赐，随口赐个"阿哥、格格"的，你还得高兴地"领旨谢恩"。这种无厘头的事，"额娘"做得还真不少。

"额娘"在老家的时候也算是我们村上的"能人"，能说会道，会唱会跳，她组织了村上的一个"业余舞蹈队"，近四十多个人在她的带领下也有模有样的，逢年过节还经常到邻村进行"友情演出"，那时候她就拿着我给她买的粉底液给大伙化妆，一边化一边大声地吆喝："化好的都排队坐好，别跑得妆都花了。"

每逢到了夏天，只要她听到门口有人叫嚷着"卖瓜咯"，她就会放下手中的碗，带上一个大布袋出去买瓜，她买了不算，还挨个儿敲开邻居的门让大家都买，我疑惑地问她为什么，她边将连日来买的大西瓜挨个儿摆在地上边说："卖瓜的老头忒不容易，这大热天的，赶紧卖完了好回家去呀。"

"额娘"在村上是令人羡慕的，夫妻恩爱有加，孩子们孝顺听话，奶奶待她如亲生女儿，每次别人这样说时，她总是说："是呀是呀，她奶奶真的对我挺好。"其实，这与妈妈的孝顺是必不可分的，奶奶生病守在床头为奶奶洗脚的是她，端茶送药的是她，每日里做了好吃的，张罗着先给奶奶送去的还是她。

"额娘"有时候也会"显摆"，不过她倒是真的很有资本，那年乡里在各村统一考试招收计划生育管理员，她摩拳擦掌，从笔试到面试都是全乡第一的成绩被录取。这"不大的官"一干就是十年，十年间她走街串户了解情况，了解大家的困难，能解决的就帮忙解决。你别说，她还真的成了全村人的"知心人儿"，哪家有"红白"事都请她张罗，她经常嘚瑟地说："瞅瞅，这家媳妇又是我去迎娶的，你额娘可以吧？"

其实，爸爸为了弟妹们能够接受更好的教育，早在几年前就把房子买在了县城，但妈妈硬是不去，说什么城里连只麻雀都看不到，我还是在家里挺好的，斗斗地主、打打麻将、跳跳小舞，偶尔还可以跟邻居去山上捡些野蘑菇，颇有成就感。

妹妹他们上小学六年级时，我爸说再不搬来耽误了他们的学习你可担当得起？额娘在思索了整整半夜后开始打包，大包小包的东西装好后抱了抱收留的那只野猫，不舍的神情让人动容。

刚开始她还担心地问我，"要是到了那里大家都不跟我玩儿，那我不孤单死呀。"可前后不到半个月，我再回家时，妈妈已经和新邻居"打成一片"了：一起去跳舞、买菜、逛街，不亦乐乎。

周末回家，大早上额娘做好了饭就挨个房间喊我们起床，喊到我的时候是一句："大格格呦，起来用早膳咯，脸都睡扁了还睡。"听到高分贝的音量后，我很不情愿地起床，睡眼惺忪地站在厨房门口，看着她鬓角些许花白的发和已经有些微微驮的背，突然开始怨恨岁月了，我可爱的"额娘"也受到了它的折磨，正当我鼻子酸酸的时候，她突然转过头，看见我披散着头发一怔："当鬼呀，还不快去洗脸。"

看，在她面前想煽情都煽不起来。我一边刷牙一边听见她说："哎，我看你空间了，你给你爸爸写了一篇文章，你个偏心眼儿，我不管，我也要。"

我一边擦着脸一边说："额娘，当然写啦，题目我都想好了呢，就叫'黄菜花额娘'（妈姓黄，我们经常这样跟她开玩笑）哈哈。"说完就跑，老妈"呀"的一声就开始满屋子追。我喜欢这样的感觉，这样才不会让无情的时间让我们之间有代沟，也不会让岁月的年轮让额娘老去。其实，我更想说："额娘，我爱您。"

"白爸爸"、爸爸和我

"白爸爸"是爸爸的兵。

这是我现在才明白的事情。我只记得那年我6岁，因为过于调皮，妈妈一个人在家照看不住我，就跟着爸爸到了部队。我记得刚到部队那天，来车站接我和妈妈的不是爸爸，是他。

那是夏天，他递给我一根已经半化的雪人雪糕，我接过没有说谢谢，只是笑。他没有不高兴，摸了摸我的头，亲切地喊我圆圆，然后我才说谢谢。只有妈妈知道我喜欢别人喊我圆圆，我说那是种亲人的感觉。

爸爸所在的驻地是一个多水的城市，营区就挨着湖边，那里有我的伙伴婷婷。虽然婷婷比我稍稍大一点，人前我就乖乖喊她婷婷姐，背着人我就欺负她，我会把她采的野花狠狠地撕破，我会把她最喜欢的珠子发卡咬烂。

看着她哭我就咧着嘴笑，这时别人都会吵我，特别是那个李叔叔，吵得特别凶。可我一点都不怕，昂着脸看着他，一边看一边大声喊白叔叔，等看到白叔叔慌忙跑过来时，我便开始大哭，从捂着脸的指缝里看到白叔叔把他骂得狗血淋头，然后拿着大白兔奶糖哄我，帮我擦去脸上的泪和泥巴，我就咧着嘴朝婷婷和李叔叔做鬼脸。这是我那个时候最爱玩的游戏。

我喜欢白叔叔哄我，妈妈说白叔叔和我有缘分，但只有我知道，白叔叔长得很白净，他的笑很温和。

那时我不怕把妈妈新打的毛裤弄个大口子回去挨揍，不怕驻地婷婷和其他伙伴最怕的那条大狗阿黄，不怕跑出来呱呱乱叫的癞蛤蟆，但是我怕蛇，天生怕得要命，就像现在我用键盘敲出这个字时，心还是紧缩了一下。

这一与生俱来的弱点，成为我特别不喜欢那里的原因，由于四面都是水，而且是偏僻的农村，每到夏天那里就有很多蛇。驻地离学校比较远，上学路上经常会遇到，这成了我唯一害怕的事情。爸爸在送我几次，教会我认识路之后，就不送我上学了，他也不让妈妈送，他说，他的孩子要坚强，要从小学会独立。

于是，我就得自己跟着稍大一点的同伴去上学，提心吊胆地走在泥泞的路上，那一段20多分钟的路，每走一次我就像是少了半条命，恐惧时刻笼罩着我。在我哭了好几次不去上学的抗议无效后，我就拿出了看家本领，在路上欺负伙伴，我跟他们吵架、打架。这样就有人看着我上学，我就不怕蛇了。

白叔叔是第一个知道我秘密的人，他把一个大白兔奶糖剥好放在我嘴里，他说："圆圆不怕，以后叔叔每天都送你上学，你也不用跟他们打架了，长得这么乖、这么可爱的小女生是不可以跟别人打架的。"我记住了他的话，和他说这句话时的笑和嘴里甜甜的感觉。我脱口而出喊他"白爸爸"。

后来，他真的成了我的"白爸爸"，那段时间家里出了点事情，妈妈回了老家，爸爸出差时我跟他睡，他帮我把留了很长的辫子梳好，帮我洗脸洗脚，晚上给我讲大灰狼和小白兔的故事。他最常说的一句话就是：圆圆是个乖孩子。那时候，只有他说我是个乖孩子。后来，我真的不打架、不骂人，变成了一个乖孩子。

那年冬天，在我的概念里还没有离别这个词儿，我只记得那晚营区的大会议室里，有很多好吃的，有橘子、香蕉、苹果，还有很多糖和瓜子，我的腮帮子被满嘴橘子塞得鼓鼓的，我看到白叔叔戴上了大红花，还讲了一些我听不懂的话。

我吱吱呜呜地问爸爸："白爸爸为什么戴红花？"

爸爸说："他要回家了。"

我扭头把嘴里的橘子全都吐出来，然后一声不吭地从爸爸身边的椅子上跳下来，走到台子上拉着他的手说："白爸爸，你不回家好不好？"

然后他就蹲下把我抱在怀里，大声哭了。然后我看到爸爸哭了、李叔叔哭了，大家都哭了。只有我没哭，因为我不知道那一个转身或许就是一辈子，还有白叔叔说过我眼睛大，哭的泪多，擦不干小脸就会裂开。

那晚我就一直拉着他的手，不让他回宿舍。不停地说不让他回家，他一遍遍说好，然后看着我笑。那晚他给我讲了大灰狼和小白兔的故事，一直到我睡着。

第二天醒来时，他还是走了，妈妈递给我一大包大白兔奶糖，然后对我说他走了。我没有穿鞋就赶忙跑下床看我的柜子，里面那张唯一的合影也不见了。然后我就将糖扔进门口的池塘里，大声哭，边哭边喊"骗子"。

自此，我再也没有见到过我的"白爸爸"，我变得很乖很乖的，再也不欺负婷婷、不和别人打架了，我知道若我不乖，那个李叔叔再骂我，就再也没有人骂他了。还有就是，我再也不吃大白兔奶糖，一直到现在。爸爸和妈妈也再没在我面前提起关于"白爸爸"的任何消息。

周末回家，晚饭后我正在看电视，爸爸手机响了，接着我听见爸爸哈哈大笑的声音，我知道只有在接到战友电话时爸爸才会有这种笑，不一会儿爸爸敲开了我的房门，把电话递给我说："你白爸爸。"

我承认那瞬间我是颤抖着接过电话的，爸爸的手机似乎突然变得很重，有些拿不稳，以至于我喊出那句"白爸爸"时，声音都是颤抖的。

"圆圆，长大了吧？还记得叔叔吗？"是那个声音，说着不标准的普通话，但语调之间是满满的关切。

"嗯。"我的声音变得有点哽咽。

"傻丫头，听你爸说，你没当兵，挺遗憾的。不过女孩子家平平安安乖乖的就好。谈对象了吗？你小时候说的可是一定要嫁给军人的呢，哈哈。"他一连串的问题就这样很自然地脱口而出。

"白爸爸，"我说出这三个字的时候，眼泪止不住开始往下掉。

"别哭，你看你，以前都不敢让你接电话，怕你还生着叔叔的气，现在你爸爸说你长大了，我才敢跟你说说话，你不知道我有多想你呢。"他的语速有点慢，甚至有点卡，我知道他哭了。

"嗯，我很好，虽然没当兵很遗憾，但是我在军队医院工作，离军人最近，每天跟他们一起生活，白爸爸，你知道吗？我也很想你……"

三十六分十二秒的通话里，我的胡言乱语让白叔叔哈哈大笑，仿佛又回到了从前，那个小女孩和那个大男孩的故事。

他告诉我说，他是带着那张照片哭了一路回到家的；他再也没买过大白兔奶糖；他的女儿也叫圆圆；他说，这样说着话就想起我大大的眼睛，他说，我本来就是一个乖乖的孩子；他还说，圆圆你长大了，一定要照顾好你的爸爸，那不仅是我的连长，更是我最好的大哥。

挂完电话我对爸爸说他说的话，爸低头不语，妈妈说快去厨房把水壶里烧开的水冲到茶壶里，我会意地离开，关上卧室的门时，我听到妈妈说："快擦擦，都过去多长时间了，还忘不了这些，多大个人了，别让孩子看到。"我知道爸哭了，我发现爸爸真的老了，他早不再是那个雷厉风行、穿着军装踢正步的男人了，他的背已经开始微微驼了，但他依旧忘不掉那些战友，每次战友打来电话他总会这样。

我的"白爸爸"在十几年后的今天又教会了我什么叫作情感，让我更懂得了爸爸，更懂得了什么是军人、战友，是他们教会了我生命中最可贵的是情，教会我坚强和勇敢，给了我敢义无反顾去爱和坚持的勇气。

我倒上一杯开水，递到爸爸手里，看着他依旧泛红着的眼圈，对他撒娇着说："俺的老爸呀，您可得多喝点这高度营养的天然补品呢，要伺候不好白爸爸的老连长，俺们可是担待不起呀。"

然后爸笑了，我笑了，我知道"白爸爸"也在笑，对吗？

我看到的，关于亲情

（一）

周末回家，下午爸太忙没空送我，我说自己坐大巴回去就好，爸坚持说让妈妈早点做晚饭，吃完送我回医院。

等到爸爸忙完赶到家都七点多了，天已经黑了，他顾不得上楼吃饭便急忙送我回医院，谁知半路因为修路堵车了，半个小时过去了依然没有动静，我从倒车镜里看到一辆路过医院的大巴车，扭头对他说："爸，咱们身后有辆车，要不我下去坐车，你从小路绕一下调个头回去吧，这都几点了你还没吃饭呢。"他看了看我没说话。

我扭头给妈妈递了一个眼色，妈也对爸说："是呀，不行就让她坐那辆车吧，就是再堵，怎么着也都能到医院的。"

爸从倒车镜里看了看那辆车，又看了看前面丝毫没有走动迹象排得长长的车队说："不行，没多远了，把她送过去。"态度坚定，让我和妈妈都不再说话了。

晚上近十点才收到妈妈到家后发的短信，妈说："你爸说早就看到那辆大巴车了，但太晚了不放心，再堵都要把孩子送到。"看到短信，泪水夺眶而出。

原来亲情就是，在他心里对于你的安全他只相信自己的眼睛，只要他没有亲眼看到的都不作数，无论他在承受着、忍受着什么，都会竭尽全力把你安全送到目的地。

（二）

妈最喜欢跟我聊天，每次都聊很长时间，上午我给妈打电话，感觉她遮遮掩掩的，我疑惑地问她怎么回事，她悄声嘟囔着说："我出来找了份工作，上班时间不让接电话。"

前段时间我就听她说要出去工作，说自己工作太闲、工资不高，可以找个兼职，实现一下自身价值。妈近五十岁了，身体也不好，一到冬天就咳嗽，我和爸爸都以为她在开玩笑，就没当真。谁知道她真的外出找了份离家很近的兼职。

我问她累不累，她悄声说："这几天适应了就好多了，前几天腿都站肿了。"

"那就别干了，不缺你挣这几个钱，在家没事跳跳广场舞多好，真没事儿找事儿！"我有些心疼地埋怨道。

"没事儿，你妈我干啥都行，这不刚来一周，主管就偷偷跟我说要给我涨奖金呢，再者，我这份工作的钱一分都不花，存起来，等你结婚时专门给你当嫁妆！所以你得支持我，不许吵我！"妈脱口而出的一段话，让电话这头的我泪流满面。

原来，亲情就是无论她在做什么，有多苦多累，都只有一个理由，为了她的孩子，她倾尽所有把能给予的一切都给你，但始终觉得自己做得不够多不够好。

（三）

上次回外婆家，一进门妈妈就直冲到厨房准备做饭，谁知道被外婆给赶了出来。我们疑惑，妈妈更是嚷嚷着说："瞧这老太太今儿咋回事？真奇怪，电视看迷糊了吧！"

这时，外婆端着盛好的饺子从厨房走了出来，第一碗先递给了妈妈说："别嚷嚷了，听你说今天回来，一大早就去菜地割的新鲜韭菜，包的你最爱吃的韭菜鸡蛋水饺，这么大人了还沉不住气儿，跟个孩子似的。"妈妈接过饺子没有说话，但我很清晰地看到她泛红的眼圈。

原来，亲情就是，无论走多远，无论年龄有多大，在她的眼里，你永远都是那个贪吃的小孩儿。

（四）

回奶奶家，奶奶的帕金森越发严重了，用筷子夹肉的时候，哆嗦的手不小心把一块肉掉在了地上。我们都说扔了吧，可一向节俭的奶奶哪里舍得，哆哆嗦嗦弯着腰去捡。

这时坐在很远的弟弟冲到奶奶跟前，一把捡起掉在地上的肉放在嘴边象征性地吹了吹，直接塞进了嘴里，生怕奶奶再抢过去。我和妈妈同时看着弟弟，我清楚地看到，他在努力咽下时眉头紧锁的瞬间，然后抬头对奶奶说："奶，很香，没粘上土！"奶奶满脸的皱纹笑得越发明显了，看得出她是发自内心地开心。

原来亲情就是，当她变得无力爱你时，你学会了怎样去用最适合的方式去感恩和回报她，用自己的力量保护她，给她安全和幸福，这种无声的延续和永恒传递着的情感，叫作亲人的爱。

墨里的粽香

有些回忆总是在不住缠绵，犹如可以生长的藤蔓，疯长在记忆深处，就比如那五月的粽香。

——题记

五月初五，端午这天，奶奶会在天刚亮就起床，等我们起时，她已采回带露珠的艾草。她将艾草一株一株捋直，然后站在板凳上，踮着脚插在门两侧。这整个过程她从不让别人帮忙，用她的话说，这样插上去的艾草才是"爱草"，才可以庇佑一家人平平安安。

妈妈会在头一天晚上拿做针线活儿用的五彩绳子，让我捏着一头，她用双手用力搓，妈学过裁缝，她做的五彩绳子颜色鲜艳，配色得体，门口的小孩子都特喜欢。她给我留四条，双手双脚全部都要系，一直等到六月六那天，取下来给门口的茄子戴上。用妈妈的话说，这样的"大灾大难"都会托给茄子，我就可以健健康康不生病。

还有就是包粽子。将粽叶在手上摊开，把纯白的糯米和红枣放在上面，然后旋转缠绕三圈，妈喜欢把粽子包得"胖胖的"，她说，这样看着有福气。我蹲在旁边仔细看着，偶尔得到替妈妈递上一张粽叶的允许，满足得不亦乐乎。

这时，爸已将大蒜和鸡蛋煮好了，喊我到跟前，强逼我吃下，他说，这个时候吃下大蒜可以"拔毒"，他总是"威胁"说吃了大蒜才能吃粽子。为了那软软甜甜想起来就流口水的粽子，只能使劲儿咽下那软软没有味道的大蒜。

除了这些温暖的记忆，关于粽香还有一个故事。

那时我刚到医院实习，她是一位50多岁的老奶奶，身高不足1米5，右脚还有点跛，她的老伴儿生病卧床，他们的脸上总笑呵呵的，每次去他们病房时，他们总会说："妮子，歇会儿吧。"

我翻看他的病例，慢性心衰，带教老师告诉我，他在医院反反复复住了很多次，这次住院病情又加重了，说着老师摇了摇头。

他们感情特别好，那天下午我去病房为老先生量体温，看到她正拿着一本早已经磨得很破的笑话书，一字一句念给老头听，不时俩人哈哈大笑。

夕阳刚好打在老先生枕边，白色的发染上一缕金黄，她笑得眼泪都出来了，就用右手去擦。他说一句土语"瞅瞅，出息，笑得泪花子都出来了"然后用手帮老奶奶擦泪。

当时我想，"执子之手，与子偕老"就是这种感觉吧。

端午节的前一天，老奶奶在我们护士站旁笑眯眯地说："妮子们，老头子喜欢吃粽子，我赶回去给他包点儿，你们喜欢吃什么馅儿的，我给你们带。"

说完拿着她的小碎花包包一颠儿一颠儿走了，走到病房门口时还对老先生说："老头子，我给你回家包粽子了，明儿一早就来了。"

"路上慢点，不着急！"老爷爷笑着跟她挥手。

很久以后，我总是在反复回忆那日，老奶奶离开时幸福的笑，和老先生期待的表情。

凌晨六点，老先生突发心梗，抢救无效，他最终没有等到老奶奶的粽子。

我看着拎着粽子的她迟缓的步履走进病房，像往常一样说："老头子，起床了。"边说边拿起毛巾为老先生擦着脸和手。

她没有号啕大哭，只是安静做着同往常一样的事儿，最后将粽子剥开放在桌子旁说："老头子，你最喜欢的大肉粽子，吃了，就好好走吧。"

泪猝不及防。那个端午，他们将我一直渴望的爱情，阐述得淋漓尽致，如此遗憾又如此完美。

很多年后的今天，我坐在这里回忆，想念那些真挚的情感，我能做的只是将这些记忆变成黑色的字，任粽香在墨香里升腾，继而弥漫开来。

墨里的粽香是关于那些记忆和感动，或是朴实真挚的亲情，或是略带遗憾但足够真实的爱情，墨香和粽香足以让我在无论什么时候都相信着，相信着这些最初的情感，不是矫情，是的确存在。

大山和爸

　　周末，和爸妈一起去大山上挖野菜，这是我第一次去爸工作的地方。去的路上困得实在睁不开眼睛，只是觉得车子有些颠簸。回来的路上，我才真正看到了，他口中舍不得离开的大山。

　　盘旋下山的公路上，用妈妈的话来形容就是，一般的司机根本不敢开。我和妹妹都有个特点，平时坐在车上，当车子走到有些大的下坡时，心就会揪起来，仿佛空了一拍。这次真的就这样揪着心走了一路。

　　在车上，妈说，小时候听外公讲过一个人，就住在大山旁，无论哪里的人上山捡柴，都在他家吃饭。那时人特别穷，粮食很少，但无论是谁，他都会把自己家不舍得吃的东西拿出来给别人吃。

　　"真的假的呀？"妹妹好奇地问道。

　　"当然是真的，山里人特别淳朴。"爸坚定地说。

　　一段路以后，当我迷迷糊糊又想睡着时，依稀听到爸对妈说，你说的不是一个人，而是一对兄弟，前边那个小屋子就是他们的房子。

　　我顿时再没有了困意。我说，这是个典型的"学雷锋"，可以宣传一把的呀？

"人都没了。"爸说这句话时，车子刚好到这个小屋子门前，看得出爸特意把车速减慢，意味深长地看了一眼破烂不堪的泥巴小屋，我把车窗摇下来，看到屋门上那把大锁已经有了锈迹。

"那次，我们送的那个老头儿是不是就是他？"妈扭头有点奇怪地问爸爸。

"嗯，那次送的，应该是弟弟。"爸轻声回答。

车子继续前行，我还在一遍遍追问那次的过程。被妈妈简单的一句话："我们看他背着东西，走路很吃力，就把他送到了山下。"把我给打发了。

看着面前车技娴熟，对路段掌握很清楚的爸爸，让我想起刚才在山上的情景。正在挖野菜时，对面山头站了一个老爷爷，六七十岁模样，一直看着挖野菜的我们。

"爸，你看，那个老爷爷一直看着我们。"妹妹小声说。

爸抬头看了看老爷爷，笑着问他，是不是山腰第一家的。

"是呀，你怎么知道的？"老爷爷疑惑地看着爸。

"那天把馒头和肉放在那里，你们看到了吗？"爸爸笑着问他。

"哦，看到了，我们还在奇怪呢，怎么会有人把馒头和肉放在我们家。"老头脸上堆满了笑。

"那天上山种树，保障的多了，我就让人给你们送去了点。"爸边挖着野菜边漫不经心地说。"哦，对了，还有每个人一百块钱，收到了吗？"爸猛地抬头问。

"收到了，收到了。"老爷爷笑着说。

爸爸的话让我疑惑不已。我看着妈妈，妈笑着说，应该是你爸爸又给他们争取的什么补助吧。

爸听到他说收到了，才放心地低下头继续挖野菜。爸说得很简单，整个过程也就几分钟，也许在他和妈妈看来，他们早已经习惯，算不上什么了。

就如今天在好友家，看到一个核桃核子掉在门前的一小块土里，发出稚嫩的芽，有胚芽、水分和阳光，本不是件稀奇的事儿，但在我眼里却是一个一直寻找的理由。

我一直不理解，爸爸为什么放弃在县城的工作，非得主动来到离家那么远的大山里。但是今天，我看到的和听到的，才知道爸爸口中所说的"大山人淳朴"这句话的含义，我更知道了，爸做的是延续他们的善良，尽自己最大的力量，给他们最简单、最朴实的，就像爸口中说的他们应得的温暖。

晚上吃饭时，我问爸爸，你去了大山多少年？

"8年。"爸不假思索脱口而出。

"大山距离咱家多远？"我继续问。

"38公里。"爸回答。

8年，每天往返38公里，只为延续他心中认为的善良。

看着面前两鬓斑白的爸爸，我终于明白了上善若水的含义。

靶场那个姑娘叫小伊

"处长，您就让我也摸摸吧，我就摸摸成不？"小伊对着面前的两毛三央求道，大大的眼睛里满是渴望。

"不行，这是很严肃的事儿！"处长严厉的表情，让小伊的小脑袋瞬间耷拉下来。"啪！"迷彩帽檐突然被打了一下，她右手正了正被打偏的帽檐，依旧噘着嘴不抬头。

"怎么可以只摸摸呢？怎么着也得打上一梭子呀！"小伊抬头看到处长脸上憋不住的笑，她兴奋地跳了起来："太好了，我就知道处长最好了！"说着一把扯下脖子里的相机递给旁边的干事，朝子弹发放处跑去。"跑慢点，牙要磕掉了，可就打不成咯！"处长的话引得大家哈哈大笑。

枪紧握在手，迷彩也穿在身上，野外训练场上的黄土被风吹起，似乎有几粒吹进了眼睛里，不然小伊怎么会觉得眼睛涩涩的，有种想哭的感觉。

"怎么了？害怕了？"发子弹的士官笑着说。

"怎么可能，班长哥，我是谁？只是有一点儿小激动！"小伊笑着做了个鬼脸。

迷彩的帽檐没有遮住正午的阳光，还有几缕打在小伊的侧脸上，小伊的眼神一直盯着对面的几个靶子，靶心却在她眼中渐渐变得模糊起来，此时自己距靶心的距离很近，但她却知道，其实很远，远到足足有十七年的距离。

十七年前离开时，那条叫阿黄的狗狗一直追着她跑，她大哭着不肯上车。

爸爸蹲下来，边帮她擦眼泪边说："你要记得，以后像爸爸一样穿着军装回到这里，阿黄会更喜欢你。"那时，小伊9岁，她只记得那天，阿黄在车外追了好长一段路，直到车转弯，再也看不见。

除此之外，她更记得，自己要像爸爸口中说的一样，穿着军装回到这里。她也一直在努力，虽然意外手术，让她再也成不了一名真正的军人，但脚步却从未停止，她知道自己想要的是什么，无论万水千山，她都会一直向前。

可遗憾的是，无论她怎样努力地从一名地方护士，到部队医院尔后又走到机关，直到今天跟身边的他们一样，穿着这身迷彩手握钢枪，站在这里，但依旧不是真正的军人。

她只是替补一个扭伤脚的宣传干事来照相的。想到这里，她不禁一阵失落地低下头。可当我看到因借不到合适的鞋，脚上这双大了两码，被鞋带勒得像两个胖贝壳的鞋子时，一瞬间失落的情绪都消失不见，只剩下自己傻乎乎地笑。

"小伊，注意，准备开始了！别傻笑了！"发口令的参谋向她喊道。

"是！我会努力的！"她大声用少有的严肃回答。

"我们相信你，加油！"这可能是平时这名不苟言笑的严厉参谋，第一次在喊口令前加其他话。

"小伊，加油！"队列里是整齐嘹亮的声音，小伊扭头，看到所有参加训练原本坐在地上的队员，全都站起来看着她。

她使劲儿用迷彩的袖子抹了抹眼睛扭头往前走，一步两步三步、靶前定位、卧姿装子弹、自行射击。这些口令对于小伊并不陌生，哥哥跟她"炫耀"过无数遍……

"有意瞄准，无意击发"这样的诀窍也不是第一次听到，趴在地上，她的眼睛直直看着靶心，五发子弹接连打出，每一颗都无比专心，她知道自己打出的不是子弹、是梦想。

小伊的靶没有报靶，这是小伊自己要求的。因为她说不想知道自己第一次打了多少环，她怕自己打得不好，处长点头应允。其实她只是想一直沿着这个不知几环的起点走下去，一直走下去。

车开了，靶场就像十七年前的那幕一样，渐渐消失不见，回程的路上，她把手伸进口袋紧紧攥着那枚弹壳。

弹壳不是小伊自己捡的，是驻靶场一名一道拐的小战士在她上车前偷偷塞进她手里的，她诧异，小战士给她立正敬了个军礼，然后笑着说："大姐姐，我听过你的故事，我想把这个送给你。"

她把脸贴在窗前，看路边不断倒退着的景物。她仿佛看到了那名故意拖着腿说扭伤的干事、那个故意在出发前特意申请多带五发子弹的处长、那个指挥大家喊加油口令的班长、那个穿过人群偷偷递给她弹壳的小战士……

泪打湿在手机屏幕上，那行字似乎显得更加清晰："爸爸，我今天穿着迷彩，回到了你原来的部队……

最难解的乡愁

那个隔着万水千山，最让我念念不忘的小村庄，就是我的家乡。

看了许多关于乡愁的文，总觉得那种被岁月冲刷过的昔年回忆，会是很多年后，至少是自己四十岁之后，才会理解的感觉。

可渐渐发现，每次回老家，总会有种说不清的思绪萦绕心头。仿佛是与久别重逢的故友，短短几个小时相见，还没来得及叙说这些年的改变，就要再次分别。

找了好多形容词都没找到形容最贴切的那个，今天车渐渐行驶在乡间小路上，油菜花金灿灿的一大片，随轻风飘来香味，脑海中突然找到最恰当的词来表述这种感觉，乡愁。

车子刚刚驶进街道，就看到正在屋里坐着等我的奶奶站起身就走，奶奶得帕金森好多年，现在腿走起路特别吃力，我和弟弟妹妹不解，越是使劲儿喊奶奶，她越是走得匆忙，脚步看起来似乎也比平时快了许多。

村子还是原来的村子，我追上奶奶，问奶奶怎么走得这么快，奶奶笑着不回答，我便没再问。转身看到那年跟爸妈一起栽下的杏树已经开满了花，我说杏花开了，奶奶终于停下匆忙地脚步，眯着眼抬头看，边看边说，是呀，早几天就开了。

门前一道街静悄悄，在农村现在都流行外出打工，年轻人刚过了年就拎着行李，坐上长长的火车，赶着去那些霓虹闪烁的城里找梦想，留下这些走不动路的老人，带着咿咿呀呀学走路的小孩儿，我的发小就是这样，看着盖的漂漂亮亮的楼，却紧闭着大门，我怔了好久。奶说，别看了，没在家。我低头自顾一笑。

妈追上我，说带我去看看生病的表奶。表奶确实病了，摔断的腿打着外固定躺在床上，眼里蒙着一层雾气，我看到桌上的二甲双胍，我说，表奶，你是不是糖尿病。听了这句，她蒙着雾的眼睛突然发出光芒。

妈说，赶紧的，把平常要注意什么都说说。这句话在接下来的一个多小时里，老妈说了三遍，两个表奶，一个表舅妈。其实对于这种慢性病，我能做的也只是尽我所能去安慰，等我从这道街走出来时。老妈说，她们都特相信你，隔段时间都会问问，你什么时候回来，你说的，她们都信。我清清干涩的喉咙说，我懂，放心。

低头，看到手腕上那串玉石珠子，这是那位得了肺气肿刚出院的表舅妈悄悄喊我进屋子，硬戴在我手上的。她说，这是个好东西，能保佑你平平安安。看她眼神里满是坚定，我笑着说，好，我收下。她本来肿着的脸笑开了花儿。

我把左手往老妈眼前一晃悠，老妈说，哎哟，这是第几串了，有五串了吧。我笑着说，第六串。

在我们老家，很多人都在南方做玉石生意，而这些其实不值什么钱的玉石手链，对他们来说就是家里最好的东西，只有最亲的人才舍得给。而他们总会拖着回老家的妈或者大伯把手链带给我，不同的人带给我不同的款式，但大家都说同样的话，这是好东西，保佑你平平安安的。

在他们眼里，无论我走多远，无论我离开了多长时间，我在干什么，他们都希望的，不是我能走多远，而是平平安安。这就是这些时刻牵挂着我的亲人们，给予我的最好的祈愿和祝福。

奶奶已经派来弟弟和妹妹来找我们回去吃饭，走进院子就闻到一股包子味儿。瞬间我才明白，奶奶守在路口，是为了第一时间确定我回不回去，匆忙回家，是她怕自己做得慢，怕我吃不上最喜欢的香菜包子。

我刚拿起包子，大伯推着自行车进来，进门就问我，清明回来不？我说，回。

他把车子往旁边一放，赶忙走过来说："太好了，今年家族祭祖典礼，你来主持，这是议程。"说着从兜里掏出张纸。

我疑惑，他说，上次你大母（大伯的妻子）看你主持的婚礼了，就等你回来，刚在地里听别人说你回来了，我赶忙跑来找你。

我笑，然后点头说，好，我一定回来！

很多年了，离开这个村子时，我还是个小孩儿，再次回来，大家给我安排了各种各样的任务，告诉我这些是长大后该负起的责任。

临走前，奶奶倚在门口，我看着她佝偻的背，忍住鼻子酸酸的感觉，老妈说，回去吧，过段时间就回来了。奶不说话，只是站在那里看着。

同样这样看着的，还有外婆，他们总会盯着车子的方向，不挥手，不说再见，只是不眨眼看着，直到路口转弯，倚着门侧着身子向前眺望的身影，才从倒车镜里消失不见。

我突然明白，有牵挂和亲情的地方，就是家乡。你盼望见到，又害怕见到，因为不忍看到时光给他们最无情打击的人，就是亲人。而那些赤诚的温柔让你最感动的同时，变成责任鞭策你不断前行的力量，就是最难解的乡愁。

最后那班回家的车

你结婚了。

婚礼上，他牵着你的手，走过长长的红毯，闪光灯下，他看你美的就像一朵盛开的花儿，他笑了，笑得无比灿烂。

当司仪让他说几句话时，他颤颤地接过话筒，对着来宾说了两个字：谢谢。然后抬头看你，帮你将额前的发轻轻放在耳后，疼惜地拍了拍你的手，轻轻放在另一个男人手中。

音乐响起，他悄悄走下舞台，背对着你坐在角落里，看你耀眼如最美的明星，分不清心底是喜悦还是苦涩。

产房外，他焦急地踱步，依稀听得见你在产房内大声呼喊，他一遍遍不断向医生和护士询问你的情况，眼底是掩藏不住的期盼和担忧。

终于，你平安出现在他面前，听着你妈妈和婆婆唠唠叨叨，看着你老公忙前忙后，他只是轻轻推着床，安静地看着你，不时轻轻帮你掖掖被角。

你的儿子眼睛很大，长得很像小时候的你，脾气很差，每次奶粉还没递到嘴边，就已开始大声哭。

夜里，他小心翼翼将你儿子抱在怀里，晃晃悠悠哄他睡觉，边哄边轻声说，宝宝不哭，让你妈妈多睡会儿。

本已被儿子吵醒的你，借着微弱的灯光，看着他佝偻的背，不禁泪湿了枕头。

你听妈妈说，你出生那年，他为了早点赶回来，在部队开车去拉菜的路上，跌进了深沟，扭伤了脚。

产房外的他，踮着肿痛的脚，跑前跑后，别人跟他说，歇会儿吧，他笑着说，没事儿，一点儿都不疼。

看到你的第一眼，他抱着一身羊水没洗的你，左亲右亲，还生怕胡碴儿弄疼了你。

每年三十天的假期，他每次回来都很匆忙，你站在门口等他，当看到半陌生的他出现在你面前时，你总是怔怔看很久。

他不由分说走到你面前，从包里变魔术似的，掏出很多好吃的，还有漂亮的花裙子。

那时候，穿着绣满草莓裙子的你，是全校女生羡慕的小公主，你骄傲地说，是他买的。

小学三年级，你生病了，急性阑尾炎。

手术发生意外，平时四个小时的手术，整整做了一天。

他守在手术室门口，一言不发，怔怔看着那盏亮着的灯。术后回病房，旁人都劝他吃点东西，他只是坐在床旁，拉着你的小手，不时用纸擦着你额头上的汗，直到你麻醉醒来，他才喝了杯水。

再后来，初三那年，你中考失利。

盛夏中午，他骑着摩托车，去几十公里外的县城帮你查成绩，当看到成绩确实是你的失误，他先是叹了口气，回到家却笑着对你说，没关系，怪我没给你选好学校，怪我没好好看着你，生病没及时带你去医院，才影响了你的复习，不怪你。

你说，不复习了。

他先是疑惑，尔后摸摸你的头说，好，怎样都好。

卫校毕业，你拿着实习通知要去外地。

他第一次固执地坚持让你回家实习。

看着又哭又闹的你，妈妈悄声跟你说，他是怕你太小，走远了，吃亏了，一个女孩子，他不放心。

上班后的第一年，电话里你哭了，你说你没做错什么，可病人家属却骂你。

他焦急地说，别哭，需不需要我去？

你更大声地哭，他慌乱了几秒说，孩子，委屈了就回来吧。

你恋爱了，说要带着男朋友回家，他默默不语，一句话不说的他，让你不知所措。

直到你带着男友走进门，焕然一新的家和看到满桌的菜，才知道他其实准备了好多天。

他一根根抽着烟，跟男友聊天，抬头看你的眼神中，一半欣慰，一半不舍。

你的男友跟他曾经一样，是个军人，每年回家的日子就那么几天。

他跟你说，没关系，我们陪着你。

从市里到县城，几十公里的距离，周五下班后的末班公交终点站，借着车灯，你远远就看到那辆带着你幸运数字车牌的车，静静停在那里，不远处是不停张望着的他。

你对公交司机说，快停车，师傅，我爸来接我了。

他曾跟你说，不要错过那个最爱你的人。

其实你想跟他说，你一直不想错过的，还有接你回家的最后那班车和站在车旁等待的他。

只要你在，我们便什么都不怕

2016 年元月 15 日，农历腊月初六，我结婚当天，外公查出胃癌。

我曾见过无数的恶性肿瘤患者，用妈妈的话说，对旁人是同情，而真正当这种天大的灾难降临在自己至亲的人头上时，看着他们被疾病折磨，是心痛。

小时候，爸爸在部队，妈总带着我常年住在外公家。记忆中我有好几个名字都是外公取的，他说整个乡都找不到跟我一样娇气的小孩儿，整天大大的眼睛里眼泪汪汪的。

每到冬天脸都会哭得裂口子，外公边把雪花膏往我脸上涂，边说，瞅瞅，都成了"萝卜丝儿"了。

就在结婚前老公去我家时，我妈还在聊天中跟他说，圆圆从小嘴就甜，所以无论是爷爷奶奶还是外公外婆都用心疼。

是的，就比如外公，他边喊我"萝卜丝儿"，边把我举很高笑着说，黏人的孩子聪明！

小时候我喜欢吃甘蔗，每次回外公家，他总会给我"劈"甘蔗，最开始外公给我弄得一块儿一块的，我手小捏不住总掉在地上，后来外公就每一小口甘蔗都留下一点点甘蔗皮儿，让我能捏着，我说那是带尾巴的甘蔗。

后来每次回外公家，都会吵着跟他要带尾巴的甘蔗。

那时候，外公还没有现在这么老，他搬着凳子坐在阳光下，一块一块给我"劈"甘蔗，小心翼翼，每块儿都带着一个小尾巴。

外公一生清贫，在我的记忆中，印象最深的就是带尾巴的甘蔗和那大大粗粗的针管儿。

外公的针管儿远近出了名，反正我们都怕极了，每次生病都会被扎的腿疼得哆嗦。不过外公的针管儿也是出了名的"有用"，十里八村谁有了头疼脑热的，只要"针管儿"出手，铁定药到病除。

只是到头来，他无可奈何地看着护士一针一针扎进他血管里，外公不停问我，是不是输完几天水，就能回家了？

我使劲儿把眼圈的泪憋回去说，是的，等做完检查，输几天水我们就回家。

今天的城市，大雪后阳光很亮，只是风特别特别大。我走过树下时，正好一阵风吹来，树上的雪一下子砸在我身上。

瞬间带来的凉意，让我清醒了好多，原来这是真的。我手里提着的保温筒是真的，外公确诊的结果是真的，那个我记忆中挺着身板儿给别人看病的外公，真的就得了这么重的病。

我将熬好的排骨汤用勺子盛出放进锅里，下最细的面条，把煮熟的胡萝卜剁成泥，然后放进去菠菜，加上一个鸡蛋的蛋清。

我不知道明天的检查结果会怎样，也不知道我的外公要接受哪种折磨人的治疗方案，会承受怎么样的痛苦，我只是想把每顿饭做得好一点儿，再用心一点儿，就像小时候他认真给我"劈"甘蔗的时候一样。

只不过那时，他全心全意看我长大；而这时，我无可奈何看他变老。

昨晚跟外公聊天儿，外公说，这辈子最对不起的人是我外婆。他说那时候日子特别特别苦，他外出做工，有时一年多才回来，家里大大小小事儿都是外婆在张罗。

外公说，然后对不起的就是我妈跟我舅舅们，外公说自己一生没多大本事，小时候经常让他们饿肚子。

说着外公轻轻抹了抹眼角。

我说，我抬头张张嘴，却也不知该说些什么。

我不知应不应该说，外公，其实不是的，在这个社会上，我的妈妈和舅舅们，他们平凡普通，但他们待人诚实，他们正直善良，他们都以您为榜样，对您心怀感激。

至于我的外婆，从小时候开始，她最爱讲的故事便是，你外公做工干活儿辛苦吃不饱，还偷偷把吃的留给我……

用个洋气点儿的词儿说，你爱她，她也爱你，夫妻一生相互搀扶的同时，彼此体谅，彼此包容，她并不委屈。

所以，外公，你不用自责，不用内疚。

你只要好好配合医生，我们一起努力，我相信无论是哪种病魔，你都会好起来的。

等你康复回家，还要给我扒扒你师傅教给你的，治肚子疼和眼睛的秘方。

你一定会好起来的，因为你看着我长大，看着我结婚，当然也要看着我做一个好妻子，未来做一个好妈妈，你还得帮你的曾外孙"劈"带尾巴的甘蔗……

啥？没牙也不要紧，"劈"不了甘蔗也没事儿，只要你在，只要阳光下你那么安静着坐着，微笑着，我们就什么都不怕。

外公，加油！一定会好起来的！

"拐" 脚大伯

　　"拐" 脚大伯是前年春天来我们医院的，他刚来不久，我们就 "被迫" 认识他了，并且印象十分深刻。那天我们晚上点名，只听见一声 "刘大哥讲话" 将我们都石化了，不是别人，正是大伯在保安亭子里拨弄着他那个破半导体收音机。我们奇怪地看着他忍俊不禁，没想到，人家不仅没有赶忙关了收音机，倒是又换了一个 "亲爱的，你怎么舍得我难过" 的音乐点播台。我们终于在大笑中看着队长走向他……

　　他的岗位就在我们宿舍门口，我每次下班路过的时候，都能看到他站在那里，我习惯性的对他笑笑，每次他黝黑的脸上总也轻轻抽动一下，作为打招呼。同行的姐妹说，这个大伯有点傻，你还对他笑。我不语，可能爱文字的人都会习惯性地有那么一丝的怜悯，看着他鬓角的白发和努力想要站直却依旧微驼着的背，心里总是会有些难受。

　　那天中午，我刚下班，习惯性的对他笑了之后，他忙不迭的打开了岗亭的门喊："妮子，妮子。"

　　我诧异地问："伯伯，是喊我的吗？"

他赶忙跑到我面前说："嗯。"

"有什么事情吗？"我问他。

他嘟囔了半天终于说："能不能让俺用用你的手机？"说完低下了头，一脸的不好意思。

"当然可以啦。"我笑着说。

他从口袋里拿出一张纸条，上面是一个歪歪扭扭的电话号码，我会意地将号码拨了过去，然后递给他。

号码响了三下后通了，那边一个声音问："您好，哪位？"

"我呀，我，娃，我是恁爹。"他用右手小心翼翼地拿着手机，微弯着腰，左手轻捂着嘴，大声地说。我站在他的右侧，仔细看他右边眼角的皱纹随着他的笑越发深了许多。我轻轻退到了旁边的卫生间。

"恩，娃呀，爹现在可好了，单位管吃管住还有高工资，你好好学，钱不够了就给我说啊，门口就有公用电话，我想你了就给你打啊。"大伯的声音很大，那一口地地道道的家乡话，敲动着我的耳膜，扯动着我的神经。

大约过了五分多钟，我听到大伯说："中，中，那我以后晚上给你打，你赶紧吃饭去吧。"

我出来看到大伯手里拿着手机笑着说："妮子，多少钱？"

"伯，不要钱，我的电话是包月的，用不用都是这么多钱，以后你要是想给谁打电话了，就喊我。"我笑着对他说。

"恩，刚才给俺娃打了，问问他钱够不够。俺娃在外地上大学呢，再有一年就毕业了呢。"大伯带着骄傲的神情对我说。

"是吗？真优秀！"

"恩，妮子赶紧吃饭去吧，谢谢啊。"说着他扭头离开了，我才发现他走着的时候右脚有点颠。

周末下午，我刚从家回来，还没走到岗亭就听到有人在喊"圆圆"，我扭头看到正是保安大伯。

"来，妮子，进来。"他打开他的岗亭门招手让我进去。

我侧着身子进去才发现岗亭里面的空间这么小，他让我坐在那里面仅有的两件家具中的凳子上，自己坐在了一个木板撑起来的"床上"。从柜子里拿出小半袋栗子，笑着递给我说："吃，等了你两天都没有见你，问了好多人才知道你叫圆圆。巧了，跟我一个远方的亲戚家的闺女一个名儿呢。"

"哦，我回家了，刚回来。"我笑着说。

"这是前天俺老乡带来的，就大门口的那个保安，俺专门给你留的。尝尝，别看小，其实怪甜嘞。"

我没拒绝，剥开栗子放进了嘴里，我知道大伯的心思。

后来，我会经常去他那里坐坐，有时候是宿舍没热水了去他那里提点热水，有时候是用他的半导体听会儿新闻，当然我会带上我的手机。

记得，去年的秋天是猛地一下变冷的，那天天异常的凉，还下着大雨，临近中午，我去病案室送病例的路上，看见大伯在一辆奥迪车前争吵着什么，我打着伞走过去询问。

"这死老头，我就把车停在这里一分钟，他来催了好几遍。"车主愤怒地说。

"这里不能停车，你可以骂我，但是这里绝对不能停，这是救护车的通道。我们是医院，要是万一来重病人了，咋办？"大伯用手拉着他的车门严厉地说。

后来，在我的劝说下，车主离开了，或许是我身上的衣服起到了作用，我安慰大伯说："伯伯，别生气啊，你做的是对的。"

他摆摆手扭过头离开了，他那把烂了一个边的伞没有遮住右边的肩膀，雨水打湿了他的蓝色工作服。

那天下午，我把宿舍放的感冒药和献血送的那把伞给他拿了过去，他感激地说："妮子，这医院这么多护士，就你对我笑，让我用手机，对我这么好，等我儿子出息了，你以后去我们家玩，让你大婶儿给你做好吃的。"我很清晰地记得他用右手抹了抹眼角。这是我遇见他以来，他说的第一句也是唯一一句很煽情的话，足以让我动容。

大年二十八，我刚出宿舍就看到他在岗亭门口搓着手，旁边还有打好包的行李，我笑着走出去打招呼："伯，是不是回家过年呢？"

"恩，妮子，回家嘞，回家过年，想住临走嘞跟你说说，就等着你出来呢。"他笑呵呵地说。

"伯，赶紧回去吧，带好东西，明年啥时候来呀。"

"妮子，你不知，我明年就不来了，俺老家的树林子被修高速路的给占了，包了点钱，俺娃子过了年就实习了，恁婶和娃都不叫我干了，我回去了就。"他的表情洋溢着幸福。

"妮子，你爸妈没在身边，可要多吃饭，别忍着饥，不能再瘦了啊，俺走了。"他背起地上的一个大蛇皮布袋转身就走。

我看着他离开的背影，有点跛着的右脚此时随着他哼着的小调调向前走去。

走了四五步后，又急忙转回来，走到我面前，从大衣的口袋里拿出一张皱巴巴的字条递到我手里说："你看看，我差点忘了。妮子，这是俺家地址，有空就去啊。"

"嗯，伯，赶紧回去吧，路上注意安全。"我笑着接过纸条。

"嗯嗯，走了。"大伯的身影渐渐消失，有点吃力的步子向着对未来美好的憧憬，突然我有点想起《背影》里面的情节。

记得很清楚，那个寒冷的冬日里哈出的雾气，我小心收好那个用圆珠笔写着大伯家地址的纸条，想着他说过的话。

"妮子，别看我现在不怎么样，当年我当兵时也是戴着大红花走的，要不是这腿在一次执行任务中意外受伤，我才不舍得离开部队呢。"

"妮子，现在时兴大学生士兵，要是俺娃符合条件，我也让他去当兵。"

"妮子，你不知道那天那戏是我故意放出来的，我看着队长训那妮子都快训哭了，我不忍心呀，所以就……嘿嘿……"

模糊了双眼的，不知是眼泪还是粉尘。"拐"脚大伯，你还好吗？

世界再大，也要回家

下了大巴走出车站，坐上出租车时，抬头看到街对面的宣传版上写着"世界再大，也要回家"这八个字。

我没认真看这是个什么样的广告，只是这瞬间，我突然从未有过地特喜欢这个城市。

可能是因为从未出现过这般文艺的宣传语，或许也有一半是因为这几天的心境。

很多年前，我就想过当自己结婚时，要准备怎样的嫁衣，要穿多大拖尾的婚纱，要配上粉色的手捧花，尤其是要戴上一顶亮晶晶的皇冠。

很多年后，朋友送了最喜欢的婚纱，自己定了别致的手捧花，还有挑挑拣拣好长好长时间才买到的皇冠，看着自己一点点像蚂蚁搬家一样，搬回所有自己喜欢的东西，数着日子一点点临近，仅剩下四天时间。

突然心底却涌出一阵说不出的感觉。

原来，结婚并不是一场童话，而是瞬间长大的舞台剧。

周末到家后，发现原本安静的家里人来人往，妈说，这几天还好，再过两天，人更多，更嘈杂。

我看着穿着围裙在厨房忙前忙后的妈妈，最爱美的她眼角掩不住的皱纹，鼻子酸酸的。但却故作大大咧咧说，哎哟喂，没想到老妈还当真是小能手呢。

爸一张披着染发布染发的照片，被拿出来放在茶余饭后说笑。大家看到平时严肃的爸爸头上包裹着白色的塑料薄膜，滑稽又可爱。

妈说，包得这么严实，还是过敏了，第二天整个脸都肿了。

我回头看爸，爸还是低头沉默。

我半埋怨道，明知会过敏，还染什么头发。

妈说，你爸说了，再染一次，等你弟弟娶媳妇儿时，最后再染一次。

突然我呆住了，不知该说些什么好，只是默默起身，偷偷跑到卫生间任凭眼泪往下掉。

上午奶奶来了。

我进门，便拉着我的手说，看看穿得这么薄，手都冻成这。

奶说，婚纱薄不？可不敢太薄，咱咋打扮都最好看，不能冻着自己。

我低头看着奶奶因为帕金森抖得更加厉害的腿，我说，奶，我去给你拿软糖，可好吃。

送奶奶上车时，我把她的帽子围巾戴好，把她额前的头发放在耳后，奶奶说，回去吧，外面冷。

车开远了，我突然想起小时候，奶奶也是这样小心帮我把帽子围巾口罩戴好，然后悄声说，听你妈妈的话，别闹人，好好吃饭，零用钱偷偷放你兜里了，别让你妈发现……

好像一切都没变，又好像一切都变了。

比如原来离开时，外婆只是送好远好远，直到在村口再也看不见，才慢慢回去。而这次回去，外婆红了的眼眶，忍不住躲在电线杆后面抹着眼泪。

瞬间我发现，那些骑在爸爸肩膀，坐在爸爸肚皮上，被爷爷装在自行车后笼子的日子早已远去了。时光这把刀，让他们越来越老，而那份不舍，在他们心底越发明显，从原本的不愿表露，到现在的忍不住表露。

原来，我欠他们的太多太多了。

晚上吃饭时，妈从微信上发过来一张照片。

我站在小树旁，背着书包笑着的照片。

那是我第一天上学时，在爸爸的营区，白叔叔拍下的照片，其实拍这张照片时白叔叔还抓拍到另一张，我站在树下背着书包嘟着嘴，爸在旁边给妈妈拢头发。

那年我 5 岁，爸妈送我上学。

而今我 25 岁，爸妈送我出嫁。

爸妈，你们放心：

我是在你们手心长大的姑娘，我永远都记得，世界再大，你们在的地方就是我的家。我是在爸爸的肩上和肚皮上长大的姑娘，所以未来再远，我都有勇气到达。我是在一大家人温暖的爱中长大的姑娘，我会带着这份温暖走过人生的每个阶段，将更多的温暖带给需要的人。

爸爸妈妈，我知道我发出这篇字，你们肯定是第一时间看到的，因为无论再忙再累，你们都会认真记得我写过的每句话。

所以我把想说不敢说出的话都写出来，我知道你们会看着看着就哭了，因为那份不舍。我同样写着写着哭了，因为我的不舍。

不过爸妈，请你们相信，未来我会过好生活，我会经营好自己的小家庭，像妈妈一样做个好妻子，努力勇敢不依附，因为我是你们心中永远骄傲的女儿！

爸爸妈妈，我爱你们。

"老兵"，谢谢你爱我

今天，我要写的是一个老兵跟我的故事，我是伊兵，"老兵"是我爸。

整个故事要追溯到 27 年前，我出生那年。

临预产期还有一周时，爸还在部队，特殊情况还没请下来假，那天他带车外出，不幸车翻了，几名老乡把他跟两位叔叔从车下面拉出来，才躲过一劫。

那年还发生了很多事儿，我们家的鸡半夜被人偷了，还顺走了我妈晾在绳子上的裤子；我爷爷奶奶本以为要生个孙子，谁知道是个女娃娃；我出生那家医院一周内除了我，出生的都是男孩儿。我爸拐着腿在医院忙前忙后，边洗尿布边高兴地跟别人说，我家是女儿耶！一周了就我们一个！这些都是通过我妈转述的。还有，那年我爸还做了个重要的决定，继续留在部队。

再然后，我妈说，我慢慢长大，却不认得爸爸。我会在大街上拉着一个穿军装的人哭着喊爸爸，那位正在相亲的叔叔一脸无奈。而真正的爸爸休假回来时，我却躲在家里的角落里一遍又一遍看他，晚上推着他不让他进卧室，妈妈说，爸爸哭了。

这个我原来不信，因为在我心中那么坚强的爸爸，怎么会哭。

现在信了。因为我老公在孩子还没满月就被召回，临走前把孩子抱在怀里说，来，爸爸再抱一下。

我妈没忍住，我爸红了眼圈儿，而我赶忙别过头。

原来这种情感，再坚强的人都心觉生疼，哭，在所难免。

再然后，爸爸带着我和妈妈来到了部队。

爸爸的连队后面有着高高低低的小土丘，春天时，土丘上会开满黄色的蒲公英，爸爸带我去采，我穿着粉红色的毛衣，蹦蹦跳跳走在前，爸爸跟在后……

跑累了，就跟爸爸并排坐在地上，把身子靠在爸爸身上，爸问很多家长都会问孩子的问题，长大了你要当什么。

我要当解放军，我要穿军装……爸笑，笑得跟平时不太一样，现在想来，那个表情是既满意又期待，同时伴着丝丝担忧。

这就是至今我坐在这里，绞尽脑汁回忆跟爸爸最初的记忆时唯一的片段。

一直以来，我都不懂为什么那时的爸爸会有这样的表情，他内心有着怎样的情感。直到我有了孩子，我才知道这种感觉，想让他像自己，又最怕他像自己，因为再也不想让他经历自己感受过的无奈。

爸爸爱我，但也会严厉地要求我。

那时，当兵的津贴很少，他却舍得给我买最贵的樱桃，舍得给我头最好看的连衣裙和小书包。

但他也会告诉我，吃饭的时候不能发出声音，说话的时候要看着对方的眼睛，还有打喷嚏时必须捂着口鼻，背对着别人。

他还教我讲睡前小故事，我学不会时，他让我一遍遍跟着他念，他说，该学的东西，我得努力学会，该长大的时候，就必须得长大。

爸爸一直在用一个兵的标准，来要求我。

很奇怪的是，我居然接受了，于是，我懂了如何被爱和用心爱别人。

昨天去给孩子打防疫针，由于我一直腰疼，加上天冷，孩子的包被特别厚，我抱着的时候看不清脚下，于是爸一直抱着孩子，谁知，在下楼梯时不小心突然踩空。

我就在旁边，亲眼看着他，那个曾驰骋在训练场上，那个曾穿着军装英姿飒爽，从不畏惧一切的爸爸，为了不摔着孩子，整条右腿直接跨过几个阶梯笔直地跳了下去，最后整个身子紧贴在墙上，蹭着墙才站稳。

他抬起头，疼得脸都白了。

我赶忙接过孩子，呼喊路人帮忙。

他却一边忍着痛，一边把车钥匙递给我说，先带着孩子回车里，外面冷。

外面是很冷，零下的温度怎能不冷，可比那刻更让我觉得冷的，是爸爸疼痛却强忍的表情。

最终他自己弯腰把扭伤的腿掰过来，倔强地开车载着我跟孩子回家。他说，路滑，我开车他不放心，孩子还太小。

爸老了，我不得不承认，不仅仅是他鬓角的白发。可他的爱却更加深厚、更加浓烈。从对我的爱，延展到对我老公，对我儿子的爱。

就在此刻，今天休班的爸爸，在给弟弟妹妹送完饭后，第一时间赶到我这里，抱着孩子，让我空出时间更文，我才得以写下这篇字。

我的儿子出生后，爸爸深夜起来抱孩子已是常态，他左手揽着孩子，右手边拍边轻哼着歌儿，哄他睡觉。

爸没有唱出歌词儿，只是声调我们都知道，是那首最柔缓也最适合的《军港之夜》。

爸依旧是那个老兵，他心中的老兵，正直善良。也是我心中所期望的和记忆中的老兵，勇敢坚强。

我是伊兵，"老兵"是我爸，今天，我只想跟他说，"老兵"，谢谢你爱我。其实，我也爱你。未来，我也会竭尽所能，像你爱我一样去爱你和妈妈。

写给我儿言之

我儿言之:

　　当你真正看得懂这篇字时,应该已经是一位翩翩少年了吧,大概也有十八岁了。那时的你,也许会像外公和大舅的十八岁一样,穿上了军装;也或许,你刚经历了千军万马的高考,走进了一所你憧憬的大学;当然,也有可能是像你爸爸一样,穿着军装走进了大学。无论是哪种,妈妈都要恭喜你,因为你长大了。

　　今天跟往常的每个周一都一样,一大早,妈妈悄悄把你从我的怀里挪出来,亲了亲你的小脸后,偷偷起床、洗漱、吃早饭、急急忙忙赶去上班。可与往常不同的是,当我从怀里把你轻轻放在床上时,突然心一阵抽动,我看着你熟睡的小脸,心底有种说不清的情绪,仿佛一瞬间,你就长大了,你的世界里就再不是没有妈妈不可了,是的,从今天开始,我儿言之,要独自迈出人生的第一步。

　　妈妈从你一岁时就在犹豫要不要给你断奶,一直到今天你一岁4个月零1天,妈妈怕断了奶,不吃奶粉的你营养不够,还怕一直需要奶睡的你，半夜会哭醒，只要一想到你哇哇大哭着找妈妈的模样，妈妈心都碎了，就忍不住泪流满面。

于是，再怎样艰难，妈妈还是一边工作，一边赶时间回去喂你，这成了妈妈这一年多来固定的模式。

不，应该说，是从妈妈发现怀了你之后开始。

妈妈发现有了你后，便是一系列不好的情况。妈妈从发现你到你三个月，一直在医院躺着，也是春天，妈妈隔着医院的窗子往外瞧，窗子外的叶子发芽了、绿了、花儿开了、又落了。

那段时间，唯一能支撑我撑下去的，就是我想，你需要妈妈。就是这简单的五个字，我想你来到了妈妈的肚子里，你那么小，既然你选择了我做妈妈，我就该拼命护你周全。我付出了很多，可只要一想到这个理由，那些打在我身上的针仿佛都不再痛了，那些希望、失望反复的过程，也都不再纠结了。

当妈妈在产房清晰地听到你的哭声时，我问医生，健康吗？医生说，是个男孩儿，很健康。我的泪汹涌而出，站在我旁边的护士边给我擦泪，边说，你真的受苦了。

可是我儿，你知道吗？妈妈从未觉得苦，妈妈只觉得，所有的付出都是值得的，你需要妈妈，这个理由足以让妈妈变成打败一切的奥特曼。

我儿你知道吗？妈妈这两年，说的最多的一句话就是，上天待我不薄，无论一路走来经历了什么，你的妈妈我丢下了视为生命的字，丢下个性和所有属于自己的时间，但挂在我心底的仍旧是，有你值得。

妈妈爱你，就像你爸爸说的，我现在把你放在第一位，他半开玩笑说，他都有些吃醋，我怎么可以待你这么好，好到都顾不上自己。

可是，你的外婆就是这样当妈妈的呀，她顾不上自己，待我好、待你好，恨不得把全世界最好的东西都给我们，而我也把她当作我的依赖和后盾，我想，我也想成为这样的妈妈，教会你善良、勇敢和执着。

写到这里，妈妈忍不住哭了，今晚是你出生到现在，第一次没睡在妈妈身边，我看看自己身边空空的位置，突然就忍不住。都说，给孩子断奶时，涨奶会发烧，会无比难受，虽然今天我已经喝了几碗苦苦的汤药，但也没有幸免，可心底说不出的纠结之情，远比身体的痛苦来得更猛烈。

我儿，你会懂的对吗？就是那种一想起来你找不到妈妈会哭，就忍不住痛的感觉。

你的爸爸和外婆都说，我对你溺爱了，我早就该给你断奶，这样你才会更坚强，才不会四处找寻安全感，我也懂，我要适时地退出你的人生，从断奶开始是第一步，所以言之，妈妈今天写下这篇字是想告诉你，妈妈爱你，所以才忍心张开怀抱，让你更好地成长。

未来，妈妈也会适时退出你的生活，站在你的身后，默默做你最坚强的后盾，不会阻碍你的选择和生活。妈妈天生小心眼儿，但妈妈愿意拿出最大的豁达去爱你。

言之，从今天开始，你就是小小男子汉了，你要适应妈妈不是时时刻刻都在你身边的小孤单，你要学会勇敢向前，戒掉不该有的习惯和依赖，这是你成长的第一步，妈妈相信，这么乖、这么可爱的你，一定会棒棒地、稳稳地、踏踏实实地走好人生的每一步。

妈妈会在你人生每个重要阶段给你写下一封信，告诉你，你长大了一点，又长大了一点，妈妈会告诉你，人生漫漫，唯有脚踏实地努力，才能一步步成长为自己想要成为的人。

妈妈也会跟你一起努力，学习、进步、成长。努力跟得上你的思想，等你大了，我们可以一起谈天论地，我们既是母子，又是兄弟。有了你后，妈妈这一生的心愿，就变成了，成为一个好妈妈，至少，在你一低头想到妈妈这个字眼时，是温暖、是爱。

我儿，此刻的你读懂了妈妈的文字，妈妈并不是要让你觉得妈妈付出了这么多是亏欠，你从未欠妈妈什么，因为你的到来，我们一家更加稳固，你的爸爸更加爱我，而调皮可爱乖巧的你，更是给我们带来了无数温暖和欢乐。你对于爸爸妈妈的这种爱，丝毫不要有压力，你是独立的个体，虽然今天你无法选择继续母乳，但是未来，你可以选择你的人生。当然，前提是，道路是对的，是正途。

妈妈最奢侈的想法是，妈妈很骄傲有你，也希望你在心底能以妈妈为荣。有这么一方空间，妈妈就知足了。

我最亲爱的儿子，坐在电脑前的我在想着你的笑、你挤着眼睛的调皮模样，你学着鼓掌、敬礼这些动作时傲娇的神情，妈妈很想你，想拥你入怀，想亲亲你的小脸。可妈妈更知道，你也爱妈妈，所以会认真地健康地平安地乖乖长大。

我儿言之，妈妈在今天恭喜你，迈出了人生的第一步。此后，人生漫漫，妈妈愿你坚强勇敢地稳稳走好每一步。

最爱你的妈妈

2019 年 3 月 11 日 晚 21 点

第三辑　生命的美意

院子里的青柳发芽了，细嫩的枝芽爬上树梢，悄然生出一片嫩绿；桃树枝头的小花蕾也渐渐开始绽放；玉兰树上，曾经凋落的风景，一夜间开出耀眼的繁华。走过石子小路，空气中荡漾着清新的香气，再怎样寒冷的冬总会过去，春暖都会到来，我常认为周而复始的四季轮回，就是生命的美意。

生命的美意

院子里的青柳发芽了，细嫩的枝芽爬上树梢，悄然生出一片嫩绿；桃树枝头的小花蕾也渐渐开始绽放；玉兰树上，曾经凋落的风景，一夜间开出耀眼的繁华。

走过石子小路，空气中荡漾着清新的香气，再怎样寒冷的冬总会过去，春暖都会到来，我常认为周而复始的四季轮回，就是生命的美意。

去科室做医德医风问卷调查时，看到一名老年患者躺在病床上，再没有比面如死灰更适合对那张脸的形容，他安静地躺在那儿，身边是陪着他的女儿。

我把问卷递给他，一遍遍跟他解释上面的题目，甚至到最后，为了多跟他聊几句，我看到窗台上的那个老年听戏机，便特意问他在哪里买的。

他断断续续给我讲着听戏机的由来，说得很慢，很慢，他的女儿有些担心地看着我，我笑着跟她点头示意，她的眉头才舒展了一些。

从病房出来，他女儿跟上我，轻声说："谢谢你。"我点头微笑，用右手拍了拍她的肩膀。

看到他让我想起在 ICU 当护士时，有个只有 25 岁的女患者，得了很重的病，病很麻烦，需要很多很多钱。

这时，她的老公背弃了她，她的亲生父亲也不愿负担，她躺在床上跟我讲这些时，丝毫没有沮丧。她说，因为她最要好的两个朋友要从远方回来，专职陪她做治疗，没有了亲情和爱情，她还有友情，这就够了。

舞蹈老师廖智在 512 大地震中失去了双腿，失去了女儿，原本以为可以与她相伴一生的丈夫，也在此刻背弃了她。

她掩埋在废墟时，外面营救队一直在喊她，她听得到老公在外面唏嘘一阵后离开的声音，摸得到女儿躺在怀里冰冷的身体，她放弃了，缓缓闭上眼睛。

可就在此时，她听到有人在一遍遍喊她，是她爸爸的声音，余震来了，外面的人在大声训她的爸爸："你怎么搞的，不要命了，还往那里跑！"

他爸爸用几近哀求的声音说："不要拉我，我的廖智还在里面，我的廖智不会死。"

听到爸爸的声音后，她开始大声呼救。后来她在回忆录里写道，那瞬间她只有一个念头，活下去，为了爸爸，为了妈妈，为了在乎她的人。

廖智是不幸的，但她却又是幸运的，她的三个朋友，两个辞职，一个推迟婚期，在医院守着她。

我一直相信生命就是一场花开，花瓣或许会凋落，但曾经努力扎根，吸收雨露，为绽放做足努力的时间，才是整个过程最美的阶段。

无论此刻你正在经历什么，或许一觉醒来，你发现自己什么都没有，原本以为很骄傲的东西，在别人看来一文不值，甚至包括最珍贵的健康和生命，就像一觉醒来没有了双腿的廖智。

你也要相信，在你用自己的生命编织的这场花开里，这些经历都是为了丰富你的根而存在。

这便是生命的美意。

那条鱼在乎

　　窗外是寂静的秋，恍惚间，再次坐在电脑前，已经隔了整整一个夏。

　　打开电脑，桌面上有个妈妈存的照片包，第三张是结婚那天爸妈、老公和弟弟妹妹跟外公外婆的合影，外公和外婆坐在前面，严肃的表情看起来有几分好笑。

　　妈拿着鼠标关了照片，说，别看了，你外公在那个世界会好好的。

　　是的，这段时间我失去了两个亲人，一个是从小把我举过头顶的外公，在我婚礼当天查出癌症，不过几个月时间，我这辈子就再也见不到他了。

　　还有一个已不想再提，只是失去了，让我的身体也跟着受了很大伤害，以至于到今天还不能出门，因为吃了药的缘故，这么多天的深夜里，我总是睁大眼睛看着天花板那盏关了的灯，好久好久。

　　我总听一句话，不是你的，怎也留不住。我也曾用这句经典的话劝慰别人，可当事情发生在自己身上时，你会发现，其实这句话根本劝慰不了谁，因为在那种时刻，谁也不会听这句话到底在说些什么，麻木的伤痛带给你的，只能是独自一人在深夜舔着伤口，那种感觉唯有自己懂。

我用字安慰了天南海北那么多的人，那些最孤独的岁月里，我一直带着字陪着他们。我问妈妈，为什么到头来，我对于这种无能为力的事儿，却安慰不了自己。

妈妈沉默，抹了抹眼角说，孩子，你还小，但妈妈相信你，你会懂的。

我说，我睡会儿。

妈妈帮我掖了掖被角，起身离开。

梦里，我走了很长很长的山路，磨破的鞋子露出脚趾，忽而是冰冷的风卷起我的外套和头发，忽而又是很大的火追着我烧，再后来我看到满地都是红色的花儿，大片大片、耀眼好看。

然后有个声音告诉我，我想去的地方就在前面，我一个人走过那面灰色的墙后，映入眼帘的，是一片平静如镜面般的蓝色小湖，湖水悄悄荡漾着波澜，微风轻轻拂过我的脸，眼底是真实到醉的美好。

往前走，是一片树林，叶子洒满一地，阳光把整个林子都映成了金黄色，旁边还有几缕紫色的薄纱，趁着微风，轻轻飘动。

我扭头，那个一直引着我往前走的声音不见了。

天渐渐暗了，我说我要回家了。

醒来，看到坐在床边给我擦汗的妈妈。

我说，妈妈，我好像懂了。

妈妈诧异。

我说，我在乎的一直都是别人的在乎，而面对今日如此的困境，也该像无数次安慰他们一样，认真安慰自己一次。美好终会到达，这世界给予所有人都是公平的，而苦点累点才能证明自己活着。

妈说，今天朋友圈里分享了这样一篇字，一个小男孩儿把露在沙滩上的鱼丢进了海里，有个走过的大人跟他说，这么多鱼你怎么都救不完，谁会在乎。

小孩儿笑着从地上捡起一条鱼扔进海里说，这条鱼在乎。

妈妈继续说，虽然很多事我们无力改变，但我们尽了全力，我们在乎过不后悔就好了。

我点头。

窗外是一片寂静的秋，叶子随着风盘旋后落下，我知道错过的夏已经不会回来，但冬天会如约而至，等过了荒芜的冬日，春天就来了。

我们每个人都跌跌荡荡地活在这个红尘中，缘来缘去，终不过是场别离。就像外公的离去，这场一生都看不到边的离别，留给我们无尽的牵挂和思念。

外公走了，但曾刻在他心底的，对我从小到大的期盼和宠爱，是于我而言最好的在乎；而留在我心底的，或是不能见他最后一面的遗憾，或是镶在骨子里的善良和勇敢，也是我此生能给予他最好的在乎。

别怕，你的疼你的苦，除了自己，爱你的人也在乎。

从你的全世界走过

小时候在学校遇到生病时，每次我都会把全部的书都塞进书包里背着回家，吃完药，妈妈让我躺床上睡觉，她总说："睡一觉就好了。"

可平时最爱睡懒觉的我怎么都睡不着，学校跟家是对门儿，我会躺在床上听着学校的课间铃声，这是第一节下课了，这是第二节，第三节，一直到晚自习放学，我还睁着眼。

因为生病的原因，特不想去学校，但在心底却有股说不出的失落，那时并不认为这是失落，只是觉得胸口堵堵的，有股说不出的感觉。好像那种有阳光的下午，我不该生病，不该背着书包回家，心底不仅丝毫没有因躲过老师要提问数学的小窃喜，反而会被这种说不出的纠结打败。

后来上班这么多年后，我还是经常生小病，尤其是每个月固定到吃止疼片才能抑制疼痛的几天，头儿总会让我歇上一天，于是我总是一边抱着暖水袋躺在被窝里，捂着疼到满头汗的肚子，一边侧耳认真听着医院营区的号声，等大家下班走过窗外时，赶紧趴在窗台上看几眼，就像小时候看放学的同学一样，完全没有安逸的感觉，还是那种说不出的小纠结。

当昨天我跟老公在电话里说出这种感觉时，他先是笑，笑完说，不是一家人不进一家门，他说他也是这样的，当然，他不是因为生病，只是偶尔时，譬如那次破天荒地轮到他外出"集训"几天，他心底就会有种过意不去的感觉，从未觉得为终于闲下来几天而彻底放松，而是周身都弥漫着不安。以至于他每年休假，也会推到工作相对轻松时再休。

他说完，我瞬间明白了，我们推了一年多无疾而终的订婚，因为时间紧大雨中拍的婚纱照，决定直接结婚时又推了大半年才领证，直到结婚前一周他才到家，婚礼第四天回门宴结束后就立马回部队的原因。

好吧，我原谅了，因为我们都是一类人，宁愿自己多累点儿，也不愿我们身边遇到的人累，宁耽误自己，也不愿伤害别人。

在我沉默这一段时间里，他也沉默。

然后我们在电话两头，不约而同笑了。

还好，我们对得起从我们世界路过的人，至少在心底是这样的。

今天跟妈妈聊天儿，妈说这次生病，你要记得很多人的好，那些打电话、微信询问情况的；你疼到差点晕过去时，从二楼冲下来的护士长；那个冒雨给你送排骨的君姐；还有那个每天给你扎针的小姑娘；批假给你的领导；甚至还有你那扛着大肚子带你做检查，结果出来时站在楼梯口泪流满面的姐姐。

我点头。我说我记得，我记得这些人这些事儿，这些不打草稿的记忆，会在我心底生成藤蔓，我说还有那个因为回不来陪不了我，只能在电话里听着我哭的老公，他人不在，但心里比我还难受，我都知道的。

妈慢条斯理地给我讲了一个故事。

她说我舅舅当年上小学时年纪小，总被班上三个同学合伙儿欺负，每天放学回家的路上，他总被这三个人逮着替他们写作业。

舅舅当时为了不让外公和外婆生气，就一直忍气吞声，后来一位老师发现了，老师告诉舅舅周一到周五，舅舅可以不回家，跟着他住在教师宿舍里。

在那个缺穿少吃的年代里，老师把自己的窝窝头掰开，给舅舅一半儿，把红薯饭分半碗给舅舅。

后来舅舅考上了高中，大学，舅舅找到工作后，第一时间赶回去给老师报喜。舅舅常说，没有这名老师，就没有他的大学和工作。

妈说，每个人都很平凡，每个人的生活都会遇到这样那样的经历，所以也同样都有自己的无奈，而我们能做的，就是，给予我们遇见的人一份温暖。

这就是平凡中的不平凡。

一直觉得老爸最懂哲学，而这次生病才发现，老妈说出的道理总让我惊喜。

看《从你的世界路过》这部电影时，当剧中全城打起双闪，亮起窗灯的那刻，我除了看到弥漫在每个人心底那抹看不到的孤独外，更多的是愿意给予的温暖。

或许你我不曾相识，但某个清晨，我路过你身边时，那个暖暖的微笑，会让我记得有个陌生人，在这刻给了我像阳光一样温暖的力量。

或许此时此刻，你的身边正坐着伴你一路风雨走来的挚爱，你已经分不清是亲情还是爱情，只觉得左手边是她，便是生活。

又或者你跟我一样，每日等在电话前，只为那个熟悉到倒背如流的号码亮起，那个固定的"喂"和那句誓要说一辈子的晚安。

向他们说句谢谢。谢谢他们从我们的世界路过，谢谢他们愿意包容我们所有的缺点，谢谢他们愿意接受我们的路过。

故事至此，无论是我给予你们最孤独时的温暖，还是在我最需要时你们的那句我在，无论是我身边的亲人、爱人、朋友，还是素未谋面的陌生人。

我想说——

谢谢你们，路过我的生命，并成为我的全世界。

守望

　　面前是一望无际的麦浪，金黄金黄，我就像是一株被安放在麦浪里的稻草人，随风飘荡着的是红色塑料袋子做的围巾，我遥望着远方，一动也不动的目光里满满都是期望。这是梦里的故事，夜半醒来，打开台灯，紫色的纱窗发出幽暗的，淡淡的光。

　　我拿出纸和笔，记下这个梦，然后望着窗外的漆黑，写下故事的随想，走过这个季节，麦子成熟时，就再也没有金黄的麦浪，也不需要我没日没夜站在这里。听耳畔呼啸的风，看夜空明亮的星，嗅空气中掺杂泥土的芬芳，那时我还会不会依旧站在这里，继续守望。

　　我忘记了自己究竟是像极了一个守望着的稻草人，亦或许原本就是。因为故事的主角是我的灵魂，它的孤单、它的逞强、它执着的目光和坚守着的希望。我不知道它会不会也是一个多愁善感的姑娘，和我一样在这守望的路上，一边低声歌唱，一边彷徨，微笑的眉眼里藏着数不尽的忧伤。

　　我在猜测它会不会曾经也感到迷茫和彷徨，面对着翱翔的小鸟，有没有露出那种羡慕的眼光，会不会偶然的时候，望着天空漂浮的那片白云发呆，去徜徉美好，去向往远方，然后慢慢地将视线收回到自己不能动的脚上，瞬间失神，它艳羡的自由，终也不过只是心中奢望的念想。

我在想象它是否也想过要放手，随心去行走，不带过多的行李和梦想，只简单围上那条大红色的围巾，一步一步从麦田的边缘往前走，穿过对面的大山、池塘，漫无目的让自己随心行走，踩着时光的脚步，让岁月简单明了，不期盼、不悲伤、让勇敢的坚守成为远去的过往，即使没有面朝大海、春暖花开的意境，但求拥有微笑向暖、安之若素的心情就已足够。

我在思索它那属于自己的一方世界里，有没有不解，有没有委屈，会不会因为那一个恰好落在头上的冰雹而放声哭泣，也是否会眷恋已经融化了落在肩膀的那片雪花。灵动的心，不能行走的脚步，日复一日地守望，那一眼望不到边的寂寞与孤单，超出了灵魂所能承载的力量。某一日，当镰刀割下那片金黄时，它会不会流泪，会不会心疼，会不会也一瞬间情感决堤……

思绪飘忽太远，我不知迷离的眼神中蕴藏着怎样的神情，生命究竟是怎样一个矛盾的过程，在不停步前进中彷徨，在挣扎后退中不舍，原地行走又害怕经不得岁月的沉淀，游走的神经穿插着整个生活，继而变得潜移默化。会不会在某天，所有一切轰然倒塌，瞬间颓败不已，就像稻草人一样，到了麦子成熟收割后，整个一望无际的田野上，只剩下我傻傻站着，该有多孤单，多寂寥。

笔端的忧伤突然出现，怎样都制止不了，偶然发现落在纸张上的除了黑色的笔墨，居然还有一颗晶莹的泪滴。午夜三点，纱窗被风吹动，望着对面橘黄色的路灯，拖长了那棵大树的影子，任凭思绪满是无休止漫步边际的彷徨。

我不知这是何来的恐惧，让我在这深夜里如此悲伤，可能是这无声的夜，给了我太多可以静默思考的时间，让我理清楚原本的美好其实没有那么美好，想象中的故事与情感，也只能简单的想象。童话，只不过是自己编织的骗人希望。

我将窗户关上，拉上纱窗，就像紧锁了自己的心一样，将那些记忆里的美好上一把大大的锁，让我失望的时候想起那段岁月，想起那段自己高傲，不卑微全力以赴的样子，嘴角是扬起的笑。

打开手机，一条未读短信让我的心再一次泛起波澜，简单的一句话，"丫头，这是一个过程，要相信自己。"突然有种暖暖的感觉，仿佛这个夜里所有的凄凉都已消失不见，阳光瞬间撒在身上。

突然明了，即使某天稻草人失去了它守护的麦田，也不必悲伤，因为过程的美好已经在它生命中生根发芽；即使某天它真的要远行，要离开，也不必懊悔，因为岁月赐予它最好的礼物是那些遇到，那些陪着它一起守候的遇到，给了它怎样历经风吹雨打都不怕的勇气。其实，即使它不能远行，却也一直都不孤单。

扯过纸巾擦掉眼角未干的泪痕，合上黑色的笔记本，我知道我的守望依然要继续，就像稻草人一样，无论面前是怎样的风霜，我都要一如既往坚守着自己的麦田，守好自己心中的那份希望。

我相信，未来漫漫长路上，我们一同守望，再也不孤单，不彷徨。

雪中的月季

　　又下雪了，这已经是入冬来的第四场了，当洋洋洒洒的雪花舞动起时，我刚好走到人行道的斑马线旁，看着红色的人行标志一秒一秒地消失，绿色的"小人骑自行车"渐渐"复活"，就在此时，泪水模糊了我的视线。

　　我忘记了行走，只呆呆看着，任凭雪花打湿了我的帽子、耳暖、衣襟、和手套，仿佛寒冷就在一瞬间席卷我整个身体、心中一直潜伏着的那股子心酸，就像开闸放水的水库一样，一涌而出，全然不顾路边匆忙的行人诧异的眼神和不断响起的喇叭声，任凭眼泪大颗大颗落下。

　　我抬头，大片的雪花就落在我脸上，我不得不闭上了眼睛。我本就是想单纯的看一看雪花落下的模样，谁料想她的冰冷不得不让我闭上双眼。我看不到她飞舞时的美，猜不到她飘落时的心情。冰冷，让我注定走不进她的世界，我的心在疼，我不知道她会不会此时和我一样又遗憾又孤单。

　　我终究是在绿灯的最后一秒走过斑马线的，因为我知道即使再怎样不想，再怎样不愿意都得微笑着接受。很长一段时间里我都在反复琢磨，从什么时候起，自己开始变得不再反驳，即使再委屈。自己开始变成了一个乖乖顺从的小羔羊，微笑永远挂在嘴角，好似没有烦恼，但是快不快乐只有自己知道。

季节和时间如约而至，我忘记了究竟是我在等着时光，还是站在时光里等着梦想，但我知道无论四季如何的变迁，街边的繁华如何更替着上演，我变得怎样，我都没有忘记我最初的梦想。

无数次在梦里想象，自己真的有了那双绿色的翅膀，飞过沧海和桑田，去找寻一段希望。那种眷恋就在我的生命里生了根，而且是那种很深很深的根，任凭自己如何努力都无法拔出。然后带着这个快要发芽的根等待着等待着，从落叶纷飞的秋一直到落雪的冬，我不停地施肥、浇水。当嫩芽即将破土而出时，我能感受得到内心的那种欣喜，那种雀跃。但是很不幸，它没有破土而出，嫩芽也渐渐死去，剩下只有一个满身布满苦涩神经的根，我听到了它在哭，是那种悲伤到了极致的轻轻的抽泣。

突然觉得此时的自己真的好无能，言语就哽在喉咙，却发不出声音，我不知道该劝它去放弃还是继续，我怕它的放弃会成为生命中最深的遗憾，但我更怕再一次的精心培育，结局依旧是失去。我忘记了是在劝它还是在劝自己。

就这样走在雪中，我能感觉得到渐渐冻得麻木的脚和神经都在反复抗议，我似乎忘记了方向一样一直往前走，不断往前走，我就好想好想这样一直走下去，没有目的，没有方向，无须言语，忘记梦想和努力，忘记失望与彷徨，忘记忧伤和焦虑。

终究是走到了"尽头"，营区的墙再一次让我回到了现实，我蹲下身系上不知何时已经松开了的鞋带，吸吸已经掉了很长的鼻涕。

在起身的瞬间，我看到了一朵红色的东西在雪中摇晃着，走近一看，我的心就在那一瞬间紧缩，再紧缩，我知道我在疼，心疼面前的这朵月季花。

　　她就那样高傲地站在雪中，对着我微微颔首，她的脸一半已经被冻伤，没有了昔日的娇艳，我仔细看她，她不言不语站在那里，任凭雪花落在她瘦弱的肩膀上，我不知道她有没有偷偷为寒冷而哭泣，但是我看到的就是坚强勇敢的她迎着风雪独自盛开在墙角。她在努力绽放着自己的美丽，用尽全力乃至是用生命开出自己的灿烂。

　　我轻轻抚摸着她，她就像一个受到惊吓的小孩子，抖动着身体，我对着她微笑，我问她冷吗？一滴雪化成的冰水顺着花瓣落了下来，她在哭吗？这是委屈的眼泪吗？不，我认为这更是无悔和骄傲的泪滴。

　　我低头吻了这朵半枯萎的月季花，冰冷是给予我嘴唇唯一的感觉，但是一股力量冲击着我的内心。我肃然起敬，对雪中的她、对绽放的勇敢和对生命的坚持。

　　我起身，昂起头大步向前走，不再畏惧任何艰难和险阻，我明白了生命本就是一个勇敢和坚强的过程，无论发生什么，无论未来再怎样艰辛，我都会站在时光里等你绽放。

旅行

　　突然，好想去旅行，就像吉米笔下漫画里的一样，带上一个印有米奇图案的行李箱，将自己喜欢的书、喜欢的衣服和那些已经很久不用的可爱发卡都放进箱子里，走到一个陌生的城市里，看人来人往，车水马龙，等到霓虹挂满整个城市的时候，蹲在路边，默默地想念这里。因为一句话"想念了才会知道曾经的好"。也许只有不住地怀念，才会更珍惜现在。

　　忘记了究竟是怎样的情感在最初徘徊，总觉得好像那份炙热澎湃的感觉在一点一滴地消失，日子就像左手腕上的黑色手表，随着时针的不停转动而消逝，曾经的梦想，好像不知不觉已经被疲惫的生活"腐蚀"到不知所踪。

　　好想去旅行，坐上一段火车，听着车轮和轨道摩擦的声音，透过车窗看着飞快倒退的景物，想象着前进的方向和目的地，将自己的心情叠得整整齐齐，可以听上一段最喜欢的音乐，随着节奏去寻找那久违的感觉，那种可以为了心中的梦想不顾一切的冲动。

抛却一切，认真享受一次惬意的自由，望一望小城外的世界，品尝那里的小吃，仔细嗅一嗅那里芬芳的空气，让思绪在异乡他城里定格。

或许那是个有海的城市，光脚走在沙滩上，任凭海风吹乱我的发，全然不顾海浪拍击着我的脚踝，海天一色的蔓延充斥着满满的视野，那里有海的浪漫、天空的情怀，和我的感慨。

或许那是个有山的地方，清晨我走在蜿蜒的山路上，挂在小草枝头的露珠会不经意地打湿我的裤脚，路边的石缝中不时传来虫鸣声，我欣喜地随着它们一同"歌唱"。等攀登到山顶时，正好一轮红日露出微微的笑脸，日初绝美的景色让我感受到大自然的馈赠与美好，它赋予人们希望和遐想，一瞬间视野、心境随之开阔。

或许那是一个有着镂空雕饰的园子，园子里有一方池塘，荷花开的正好，粉色、白色的花朵在平静的水面上安静绽放，偶有一只青蛙跳在椭圆形的碧绿荷叶上，在它的世界里开心地"起舞"。坐在大理石雕刻的石凳上，倚着红色刻有花纹的柱子，就这样安静地坐着，欣赏他们的世界。有一种超凡脱俗的感觉。如果再加上一个可以轻摇的罗扇，如梦红楼，如痴如醉。

或许那是一个偏僻的田园，那里有一片无边的麦田。这时候麦子已经成熟，视线里全是一望无际的金黄色，那是收获的颜色。老伯伯手挥镰刀脸上的微笑，掺杂着汗水的黝黑额头上的几缕皱纹，此时显得更加清晰，他们的快乐如此真实，不觉已被感染。

其实旅行只是一种姿态，真正释怀的是心境。想要的旅行不一定非得脚步企及某个地方，而是要来一场心灵之旅，自己一直想要追逐的，不过就是一方可以安放游魂的净土，让繁琐的心情在那里得到安静得放松和舒展。

起身，为自己斟上一杯喜欢的菊花茶，几朵黄白色的小花随着水在杯中来回荡漾，最终在水的上方绽放，一朵一朵煞是可爱。

旅行已经结束了，从启程到返程只需一个小时，也就是写这篇文章的时间，从自己描绘的意境中已觉漂浮的心安静了下来，或许是对文字的溺爱让我觉得，文字的世界里抵得过任何一处风景。

　　回望左手腕的黑色手表，指针的每一秒都记录着一个黑色的字体，那是编织着梦想和坚持的故事，原来，我一直都没有彷徨，梦想一直镶嵌在我的心底，与年轮一般与日俱增。

　　旅行，其实很简单，无非就是勇敢走在自己认定的路上，坚定梦想，那么每一个脚步下的每一寸土地，都会是最美的风景，而每分每秒都是一次心的旅程。

你的秋里住着谁

营区的桂花开了，整个院子都裹着一股淡淡的清香。

秋，如期而至，桂花和落叶是这个季节大手笔的渲染。

就像昨晚收到的图片，这张陪着迷彩站岗的老猫，我给它取名"团团"，文友说，它是只老猫，显然对我取的名字不太满意。

他说，这只猫陪着他四年，每次站岗都会趴在他脚边。搬了三次宿舍楼，它总能找到他们。突然我就感动了，为四个秋，四个飘满桂花香的日子里，它的不离不弃。

他说，很长时间看不到猫时，都会认为它死了，可过段时间就又出现了。我说，它不会死，猫有九条命，它也舍不得死，因为不仅它在陪着你们，你们也在陪着它。

他笑，尔后说，它一定会陪着我们毕业。我天生喜欢长情的人，就是那种一直默默坚守一件事，陪着一个人的那种感觉。穿越时光，一起走过的脚印，一起哭过、笑过的日子，一起徘徊犹豫挣扎的青春，末了，白了头的时候，还牵着手。

这是我梦中最好的爱情和友情。

就像这只猫，他们愿意称为朋友，这种彼此依赖着取暖的感觉，就是最真实的感情，这点毋庸置疑。

秋是落寞的季节，虽然我生在这个季节，但除了飘香的桂花，全然没有任何依恋。特别是某天清晨，打开窗，看到秋雨淋湿落叶，天瞬间冷了起来，分不清是城市孤独，还是自己孤独，反正一瞬间，觉得孤单的感觉铺天盖地，而似乎每个秋天的到来，都是从这么一天开始的。

不过还好，两年前到今天，这种感觉越来越淡，因为秋里多了一份牵挂，很多想哭的时候，庆幸有了那份还好有你的感觉。

跟一个好哥们儿聊天，他说，穷苦人家的孩子喜欢吃五仁月饼，我说，我记得很久以前的中秋节。

妈妈一个人去地里拉玉米，留我一人在家吃月饼，五仁的月饼我只吃里面那条细得不得了，很像水果味的那条小丝，其他都端端正正放着。

吃完躲在玉米架下看月亮。妈回来进门看不到我，满村子找，直到天蒙蒙亮，才看到树下歪着头靠着洗澡大盆睡着的我。

妈妈大哭。那时没有手机，没有电话，一纸电报也是一周后爸爸才收到。直到现在妈依旧说，她不喜欢秋天，看到树木落叶光秃秃的，总会特难受。

原来老妈的秋里住着远在他乡的爸爸。

今天编了篇文，讲的是一名边防的给水兵，他离开时浑身都是钻井时留下的泥泞，小脸儿上都是泥巴。

在整理他的遗物时，他留下的日记上写道，今年的全家福，爸妈和哥哥，又少了我一个。

眼泪瞬间决堤。

秋，伤感的离别，叶子和树枝的分开，总会被认为落下的叶是为追寻自由的开始。

其实不然，谁人都不想离开，裹着亲情、爱情、友情的生命，缺任何一个都不完整，于是我就眼睁睁看着这些期盼、倚望的眼神，穿过时间的长河，穿过城市的距离，从这个秋到下个秋。

下个秋天，儿子就能回来了。这是今天一位父亲说出的话，眼角的皱纹成了大褶子，却将骄傲的笑挂在嘴角。手机屏幕上那张穿着迷彩的少年，敬着军礼站在他的手机屏幕上。

他的这个秋里，牵挂的是永远逃不出自己视线和心底的儿子。

无数个等待，无数份感情，汇聚成一条河，河里装满了这群人的人生。

秋依旧会离开，但思念不会终止，延绵至即将到来的冬，和来年的春。

原来，把一个人搁在心底，缘于感情，把一份情珍藏在心间，却不仅仅缘于这个季节。

还好，有等待，有期望，有牵挂，无论是秋还是冬，陪伴和等待，就是最好的浪漫。

你的秋里住着谁，月桂树下你浓浓的思念又是属于谁……

我想去看海

　　我想去看海，看一望无际蓝色的大海，让那种豁达溢满我的全身，让我的忧伤伴着耳畔的风轻轻飞远，双手放在嘴边大声呐喊，喊出我所有的疲惫与彷徨。让那茫茫无际的大海告知自己有多渺小，告诉我自己只是个小姑娘而已，我是可以变得柔弱无力任人保护的，我是可以找一个肩膀栖息我所有情感的。

　　我想去看海，赤脚走在沙滩上，把细细的软沙一层层撒在脚上，任凭沙土埋着我的脚踝，我就安静地蹲在那里，闭上眼睛默默祈祷，祈祷我的未来，我的现在和我那些埋在心底的小愿望。

　　我想去看海，在天蒙蒙亮的早上，穿上那条粉色大裙摆长裙配上那双米白色带着亮晶晶珠子的鞋子，一点一点靠近大海，在最靠近日出的海边守候着，直到太阳跳出的那瞬间，激动地大声尖叫。

　　我想去看海，走在海边弯着腰仔细地寻找，找寻那种我最喜欢的贝壳和海螺，看着不同样式的它们开心地笑，放在耳边倾听海风呜呜的声音，就像在诉说着一个个年代久远的传说。

我想去看海，在海边的沙滩上画上一个大大的心，然后躺在上面，任凭阳光洒满全身，懒散地享受这惬意的感觉，然后我闭着眼睛想象，想象这片海中会不会真的有化成泡沫的美人鱼，那个王子会不会在某一世和她再相逢，或许就在现在，是不是就是海滩上那一对穿着情侣装的他们？

　　我想去看海，带上简单的行囊，不需要太长的时间，带上一张安排满满的计划表和一顶带着花边的帽子，把我的头发烫成那种大大的波浪卷，给海风一个吹乱我长发的机会，让我也感受一下那种只有电视女主角才有的侧脸，我也试着将眼神望向远方的海面，看看会不会也有一个帅帅的哥哥恰好走过，看着我半忧伤的侧脸发呆。

　　我想去看海，将我手腕里的白色手表换成大红色珠珠做成的夸张手链，每摸一下海水它都会随着发出悦耳的声响，伴着我不顾形象的大笑，不知道那种感觉，是不是就叫作忘记了时间的小美好。

　　我想去看海，带上我的眼线笔，用不太熟练的画法将眼睛润润色，然后学着涂上长长的睫毛膏，让眼睛也变得忽闪忽闪，我要涂上橙色的唇彩，最好是亮晶晶的那种，让青春的感觉张扬开来，我要在指甲上涂上粉色的小花，就像怒放的心情一样，花枝招展。

　　我想去看海，把本来就不白的我晒成古铜色，也算又多了一点与众不同的色彩，我要挑出最漂亮的贝壳，在上面写上我的心愿，然后用力抛向大海。

　　我想去看海，找一个离海稍远一点的住处，一大早坐公交车去看海，每一个站点都会觉得期待越来越明显，让那种期待在脑海中不断循环，不断循环，直到将看到海的那刻的莞尔一笑，定格在我期待已久的大海边。

　　我想去看海，坐靠窗子的火车，看窗外的风景，记录下沿途的人和那些有趣儿的事儿，让这份期待将长长的路变得很短。

我想去看海，当我准备离开的时候，突然有人会在我身后大声地喊着我的名字，我转身，错愕、惊呆，继而是满满的幸福。

　　我们背靠背坐在沙滩上，面前是我梦中的那一片湛蓝。

　　你说："我给你讲故事吧，你想听快乐的还是忧伤的？"

　　我笑着说："只要是你用心讲的都好……"

　　风吹过我的发擦着你的侧脸，我想起丢在海里的那个愿望：我希望回程的路上，不再是我一个人……

沉默的山头在"唱歌"

大年三十，大雪纷飞。小村里除了比平日里多出几声爆竹声外，一切如往常一样安静。

村外不远处有座小山，没有特殊名字，由于是在村南边，于是取名"小南山"。除了春天里某朵野花，秋天里某个小酸枣被偶然经过的路人顺手采去外，任凭四季轮回如何更替，它都以安静的姿态沉默着。

但今晚，我听到它在唱歌，回声不断荡漾在空荡荡的山谷里，穿透每个人的心，听到的人都会低下头一阵叹息。对面的邻居说，唱歌的不是山头，是一个男人。

男人叫海君。三年了，他每年大年三十晚上，都会穿着白色西装来唱歌。先是唱歌，尔后喝酒，喝完酒就放声大哭，哭完就趴在那堆微微隆起的小土丘上，喃喃自语，一直到天亮，然后默默离开。

男人是海军。白色的衣服是他那洁白的军装，是他妻子蜜蜜觉得他最帅的衣服，也是他曾经最引以为傲的衣服，而此时在深夜里与簌簌落下的雪遥相呼应，有股说不出的凄凉。

男人唱的是《军港之夜》。是他和蜜蜜谈恋爱时，蜜蜜第一次上岛，参加他们联欢会时唱的那首歌。六月里，海风吹起她的粉色长裙，他呆呆看着她唇角漫过的幸福的笑，当时就暗下决心，今生定娶她做新娘，让她就这样笑一辈子。

男人喝的是劲酒。他为自己倒满一杯后，仰头咽下，热辣辣的酒烧过喉咙，眼泪唰的一下就出来了。他记得他们刚办完婚礼，蜜蜜来岛上做了一桌子菜，请他的战友吃饭，饭桌上蜜蜜帮他们倒满酒后，模仿广告词儿，笑着说的那句："劲酒虽好，可不要贪杯哦！"

男人拿出手机，手机上的短信日期定格三年前的那个下午。刚做完产检在车站等车的蜜蜜发来的那句"再有一个月你就要当爸爸了"。他激动地回过电话："等这次出海回来，我就请假回家，陪着你们母子。"记得当时她笑着说："真好，以后我就不用一个人来医院做产检了。老公，我等你回来。"

男人开始哭了，酒劲儿已经蹿到头上。先是低声抽泣，然后是不顾形象地哇哇大哭，他把军帽摘下放在小土丘顶部，然后背靠着坐了下来，他的手轻轻抚着土丘，喃喃地开始给她讲故事。讲他们自己的故事，从遇见到相恋，回忆他们每一次小争吵，她每次撒娇和发脾气，甚至是无理取闹，每讲一段他都会说："蜜蜜，你别睡着啊，你听我说。"

村子里的鞭炮声噼里啪啦响起时，雪花已经将小土丘变成了白色的。男人起身将挎包里的那支玫瑰拿出，小心翼翼放在小土丘的前面说："蜜蜜，瞧，你最喜欢的玫瑰，你再等我一年，这次是真的，一年后我一定回来，我不走了陪着你……"

酒喝完了，雪越下越大，男人的头发眉毛都变成了白色，他靠着小土丘睡着了，睡梦中还在喃喃地说着什么，不知是听不清楚的对不起，还是那句埋在心底的我爱你。

男人做梦了。梦里是他深爱着、愧疚着、日夜想念着的蜜蜜，他梦到她一直在笑，如同第一次遇到他时，嘴角微微上翘，腼腆又可爱；如同娶她的那天，身着婚纱时的温柔莞尔，漂亮又大方；如同她得知自己怀孕时，银铃阵阵的笑，幸福又激动。末了，他还梦到蜜蜜抬头看着他，用手拂过他眼角的泪，轻声说："今生嫁你，无怨无悔……"唇角是坚定和不舍的笑。

雪还在下，熟睡的男人微微的鼾声给寂静冰冷的山头带来一丝温暖，他右手边红色的玫瑰在雪中盛开，似乎在诉说着什么，在歌唱着什么，我在想会不会就是那句："我会陪着你，从这辈子到下辈子……"

　　作者手记：这是一个真实故事，听到时我就哭了，为因车祸离开的蜜蜜和她肚子里的孩子，为这位重情重义的男人，为这段凄美的爱情。我想说的是，其实相爱很简单，就是无论是世俗偏见还是其他不确定的因素，只要活着，就该摒弃一切，勇敢在一起！

江南恋

一直想，谈一场与江南有关的恋爱，那种细腻，那种温情，那种朦胧却透着温婉的感觉。

石拱桥上，烟雨朦胧，我站在桥头驻足，左手撑着一把印着几朵粉色小花的油伞，将右手伸出伞外，几颗细小的雨滴落在掌心。

轻晃右手，看着雨滴随着掌心的纹络蔓延开来，我真的触碰到了江南的雨，当真正置身于梦里的江南时，才突然发现其实温婉不在找寻，而一直在心间。

身边走过江南女子，白净无瑕的脸上，荡漾着平静的笑，绣着青色翠竹的旗袍，更显出婀娜的身段，微微颔首从我身边走过，发髻簪子上的镂空小坠子，随着缓缓的脚步来回荡漾。美，那种纯净无瑕，到了极致的美。

我终于明白了，自己到江南的目的。

走到一家挂着黑色牌子的老店，店里是清一色只有在这里才能看到的物件儿，淡青色长裙、青花瓷样的发簪，甚至还有白色缀着蓝纽扣的旗袍，我轻轻抚摸每一件，却不知该如何去选。

"我……"正当我准备开口时，身着黑色旗袍的店老板笑着示意我不用说出来。

"姑娘，跟我来。"她的声音很轻，有种无法抗拒的柔美。

一段长长的回廊，她走在前面，黑色高跟鞋踩在大理石上，发出有节奏的声响，跟身旁红色的柱子搭配起，突然让我想起某个电影里的桥段，此时应该再加上粉色的花瓣，是不是就可以刚好凑成一组镜头，唯美且浪漫。

在一扇红色雕刻着花案的镂空门前停下，她将锁打开，推开门，她笑着走进去，尔后对我招手。这个季节，江南正是阴雨连绵，不然木质的门也不会发出如此特有的声响。

门被关上了。此时我却忘记了我想要的是眼前的江南，还是被关在门外，下着小雨的江南。

我只看到铜镜里的自己，粉色及地长裙、长长的发被一支带坠子的珠簪盘起，淡淡的妆容恰到好处。我扭头笑着问她："我好看吗？"

"你说呢？"她用手轻轻抚平我额前的刘海轻声说。

"那我像江南的女子吗？"我继续问。

石拱桥上，我看着桥下来往的船只，船桨拨弄河水荡起阵阵鳞波，远处传来淡淡的歌声，雨一直下，只是天色渐渐暗下来，我想，是到了该回去的时候了。

江南固然是梦中最美的景致，可不是我只要打扮，就能成为江南女子特有的容颜。

转身，看到一把蓝色带着格子的伞，伞下是你好看的笑脸。

我疑惑地看着你，用右手散开珠簪盘起的发，轻声说："我不是你梦中那种江南的女子。"

你诧异，尔后笑着走到我身边："我恋上的不是江南女子，而是来江南找爱情的你。"

　　回程的路上，看着牵着我的手走在左边的你，突然想起，那个穿黑色旗袍的店老板，轻声对我说的那句"其实，爱和细腻与江南无关。"

　　那时，她意味深长的笑在唇角荡漾开来，就像一朵好看的莲花。

最优等的优秀是做个好人

上卫校时，零花钱很少，恨不得把钱掰开一分一分花。隔壁班上有位同学，她也把钱掰开，分成一毛一毛的，而她不是自己花，而是给街上的陌生人花。

她说，自己的能力有限，但她要尽全力帮助这些人。

在我心底，她是存在我记忆深处的一位好人。

后来我结识一位一等功臣，他有很多名字，叫蒋德红，蒋班长，蒋记者，还有在军旅文学的名字叫志在边关。他行走边关很多载，始终保持初心。

他克服无数艰难和困苦，采访抗战老兵，温暖的字蕴含炙热的能量。

我没有阿谀奉承，而是熟悉的人都知道，他真的是榜样。我跟他聊天时，总是大大咧咧，我私底下还给他取个好笑的外号，但当别人问到他时。

我总说，他是个好人。

爷爷当了一辈子村长，无论是村西头的桥，还是老家的祠堂，他都参与修缮，先是集资，尔后是算着怎么省钱，到最后钱不够了就自己往里垫。

他的倔劲儿有目共睹，今年七十多岁了，还骑着电动三轮车往乡里跑，为村里的五保户领米面油。

他的脾气和个性有时大家都不理解，一点点情面都不给，一辈子太过正直得罪了很多人，家人有时都会埋怨他不通人情世故。

每当这时，他总瞪着大眼，一言不发。但事儿还是原原本本按自己的想法做。

在这个世界上，每个人都很渺小，但都同样重要。

我的同学后来回到了老家，她说在最平凡的护理岗位上，认真对待每位病人就是做个好人的标准。

蒋班长现在仍驻守在祖国的边防线上，常年与积雪为伴，用他的笔讲着那些动人的故事。他说，他要将这些感动分享出去，告诉大家边关的苦和坚守的感动。他不是干部，没有扛很多星星，但在我心底，他是无人可比拟和超越的最有灵魂的军人。

爷爷从省会单位被分流到村里，此生顶着这种落差，却一生甘愿做自己，为村里人谋事，耿直善良，于是即使村里人有时不理解这种耿直，但心底依然怀着几分敬意。

人有贫富，但无贵贱，可能学习生活环境会造就你后天的发展，但无论哪个岗位上，只要你认真做个好人，你便是最优等的优秀。

最值得尊敬的人，叫好人！

总有人在偷偷爱着你

今天是 2018 年 1 月 4 日，我在的小城，大雪。写完这一句，突然觉得时间好快呀，我陪着大家有多少年了？

多少年，我也算不清了，反正有人说从一条杠到一毛三，有人说认识我那年他士官第一期，现在已经在地方工作两年多了。而对于我来说，也从一个整天乱蹦跶的小姑娘成为了言之的妈妈。

原来，时间真的一天天在走着，不知不觉那些肆无忌惮的日子都已经不见了，直到偶有一瞬想起时，才能用几秒钟来回忆那些跌跌撞撞成长的日子，有苦，有泪，有遗憾，更有难以言说的孤单，但是更多的应该是感到幸运。

因为，即使雪天路再滑，也有存在心底最美的雪景，就好似逝去的青春，看似彷徨，却时刻充满温暖。

真的，在这个世界上，总有人在偷偷爱着你。

早上起床，给言之穿好衣服。我抬头跟妈妈说，今天无论再忙，我都要写篇文章，哪怕只有简单的几行也行。

妈笑着说，写，今儿我带好孩子，你写。

那一瞬，我很感激。因为这个时期，还全力支持我写字的妈妈，让我感动。

书桌的键盘下面，是孩子爸爸归队前给我铺好的会发热的垫子，他说，阳台冷，等我想写字时，不冻手。

怀孕快七个月时是夏天，大雨把小区出口还没完全修好的路淋的坑坑洼洼，有的地方积水很深。

早上，我一出门就看到保安大叔站在路口，一看到我就说，妮儿啊，我就在等你了，这里水很深，我就想着你上班别踩在水坑里了，不安全。

怀孕九个多月时，去医院做检查，吃力地躺在检查床上时，怎么都起不来，旁边同样做检查的两个阿姨赶忙把我拉起来，边拉边说，傻孩子，都有宫缩了，家人呢。

我已经记不得一路走来有多少人给我温暖，给我感动了。我只知道，当听到孩子第一声哭时，我的眼泪唰的一下汹涌而出，麻醉师、手术医生、巡回护士都说，你终于苦尽甘来了，别哭，孩子特别好。

孩子满月那天，深夜起来哄孩子，我问妈妈，当护士把言之递到她手里时，她什么感觉。

妈妈使劲儿稳了稳情绪，她说，孩子接过来后，她赶忙抱到病房，把包孩子的包被解开，浑身上下仔细看了一遍后，大哭。

这次，我真的明白了喜极泪泣的意思。

前几天，因为有件私事儿，跟几位许久没联络的朋友发了几条微信后，我是在强军网军旅文学频道当远程编辑时认识他们的，其实发过去微信，我也觉得有些冒昧。

但是没想到，他们有的没看到微信，晚上给我直接回了电话，有的则是尽全力帮忙，只是末了，他们都说，千万别停笔，我们都在等你的字。

原来，真的有人在偷偷爱着你。无论是亲人、还是从未见过的陌生人，他们愿意用点滴感动你，温暖你。

真的，一切都会好起来的。因为这世间真的有人在偷偷等待着，等待在合适的时间，最适合的际遇里，去爱你。

还有，记得也要尽自己全部的力量去爱别人，亲人和陌生人。

第四辑　感恩青春里的每场遇见

我是一个幸运的姑娘，总会有人在不同的时光，用不同的方式给我恰到好处的温暖，他们就像接力棒一样，在我青春的旅程中，给我一段又一段感动，亲情、友情，以及爱情，每一段都会让我足以为之动容。

我在人间彷徨，却寻不到你的天堂

原来当回忆不得不变成缅怀的时候，真的会心痛。

今天，阴霾的天气笼罩着大地，我看着那些被花花绿绿的口罩蒙蔽着的行人，突然想起自己好久都没有戴口罩了。

从多久以前呢，应该是从远儿的那句："圆圆姐，你知道吗？你戴上了口罩遮住了脸，就露出俩眼睛，就像奥特曼打死的那个忘记了名字的怪兽！"我瞪了他一眼，系上止血带继续给他扎针，他龇牙咧嘴的嘟囔着说："这一瞪，就更像了，哈哈……"

自此，我除了在做治疗必要的情况下一律没有再戴过口罩，因为刚开始想起这段话的时候我会傻笑，再后来变成了不敢回忆，每次想起都会揪着心的疼。

小姚原先是我的病人，后来才成为我弟弟的。

那年冬天的一个夜里，我下小夜班，为了躲避外面肆虐的雪花，准备在值班室凑合后半夜。交完班后，我扬着手机半开玩笑对接班护士说："忙不过来就喊我，我就在值班室。"

谁知半夜两点多，手机真的响了，响了一半又断掉了，一看是刚接班的护士打来的，直觉告诉我肯定有事，我连毛衣都没穿，直接裹上护士服就往重症监护室跑。

那是我第一次看到姚远，我惊呆了，那年他只有 14 岁。我们是神经内分泌科，一般收治的病人都是年龄偏大的患者，从未收治过这么小的病号。加上他患重症肌无力已经两年了，胳膊和腿已经没有了力量，四肢肌肉都出现了轻微萎缩，那个护士看着他细细的血管紧张得束手无措，监护室外他的妈妈在号啕大哭。来不及思考我就开始拉着他的手找血管，他用手轻轻反捏我的手，吃力地伸出食指，指着枕头边的写字本。

我把本子递给他，他用了三次劲儿才握住笔，在本子上仔细写着："姐，你放心扎，我不疼。"我看着他被呼吸气囊遮住了一大半的小脸上，大大的眼睛里都是坚强、勇敢和信任。我在后半夜只做了三件事，抢救、心疼和流泪。

庆幸的是，他终于在第二天下午脱离了危险，但气管被切开了，不能说话，他只能写字，由于手没有力气，写出来的字都是东拼一画，西凑一笔的，我总是笑他，他也笑，但为了不牵动开放着的气管，他只能是轻轻咧着嘴巴。我笑他是大嘴巴猴儿，他白我一眼然后在纸上认真地写："圆圆姐，你做我亲姐好不好？"

当我看到这几个字的时候，一瞬间我觉得躺在病床上的小姚远不再是我的病人，而真的是我的弟弟，我点头应允，他脸上满满都是天真可爱的笑。

再后来姚远真的成了我的弟弟，由于他一直在重症监护室里住着，我又是监护室护士，我上班的时候就喂他吃饭，给他讲笑话，仔细认他那些歪歪扭扭的字，他告诉我他的童年、伙伴、甚至于总是欺负他的"坏表弟"。当得知我只嫁给军人时，他在纸上写："要是早认识你就好了，那我就把在外地当兵的大表哥介绍给你，比你大三岁正好！"

"好呀，那亲上加亲，赶紧跟我说说你表哥的电话！"我对他笑着说。

他摆出一种非常无奈的表情后，用手写："傻丫姐，人家已经订婚了！"

"哎，那不是嘴上抹石灰——白说嘛。"我嘟囔着嘴看着他。

"你可以去试着拆了他们呀！我觉得你很有潜质滴！"潜的潜字还是用拼音写出来的。我故作生气地，朝着他耷拉在床边的腿轻拍一下算是惩罚，他哼哧哼哧笑。

不上班的时候，就抽时间去看他，只因为他写的那句："姐，我每天看到你，才会很安心。"

后来他的情况有了好转，气管封管之后，他能说话时，第一句话就是扭着头看着我喊我"圆圆姐"，长期吃激素让他的声音变得比同龄小孩浑厚沙哑得多，我就那样看着他笑，他也笑，由于鼻子里插着胃管，还是那种哼哼唧唧的笑。

住院的时候，他的病反复发作，时而好时而很糟糕，那一次当我们再一次刚抢救完，他刚醒，看到我拉着他的手在他旁边，他艰难地说："圆圆姐，你知道吗？我妈妈肚子里有宝宝了，你说，妈妈有了弟弟还会疼我吗？"

他眼中闪烁着点点泪花，让我的泪止不住掉了下来，我用手将插在他鼻子里的胃管夹到他耳后说："傻瓜，妈妈当然会疼你，不仅你妈妈疼你，还有我呀，我也会一直一直疼你的。"

他轻轻摇了摇头说："圆圆姐，我知道我活不长，终究要到一个遥远的地方，不过，不管到了哪里我都会想你，真的。"语调淡定的就像说别人的事儿，没有丝毫的恐惧，却让我泣不成声。

就这样我一直陪了他大半年，直到出院。

出院后，姚远经常会给我发短信，告诉我他的植物大战僵尸玩通关了，他最爱的许嵩又出新专辑了，还有，虽然不能去上学，但是他同学来给他补课了，他好开心…我问他身体怎样的时候，他总是会打马虎眼说："比经常被感冒打倒的姐姐强壮多了！"看到这样的字，我揪着的心会一次又一次的舒展开。

那天晚上我看他QQ在线，跟他聊天时他说："姐姐，弟弟好可爱，妈妈对我和弟弟一样疼爱，我很知足呢！你是不是还天天上夜班，眼睛熬得像个国宝？"

"什么嘛，这叫时尚流行的烟熏范儿，懂不？"我回答。

他发一个大笑的头像后说："圆圆姐，我看你空间里的文章了，写得真好，但是不要那么不开心，要照顾好自己。"

我当时敷衍着回答："知道啦，别装大人咳嗽啦！"然后就催他去休息。

我没想到那竟是我最后一次跟他聊天，我的小远儿，他终究是走了，就在那次聊天后的第二天。

是他同学告诉我这个消息的，他同学打电话对我说："你是他圆圆姐吧？远经常提起你，他说你很可爱，对他很好，还有要你好好吃饭，好好睡觉，改掉爱生气的毛病，那样就不会胃疼了，他还说，你以后再也不用担心他了。"

接到这个电话时我正在超市，我听着听着就蹲在地上放声大哭，全然不顾别人异样的目光，耳边正好响起超市播放的那首他最爱的许嵩的歌"我在人间彷徨，却寻不到你的天堂……"

我有一个很不好的习惯，就是在一紧张生气或者心疼的时候就会胃疼，医生说这是痉挛，所以我一直都不敢回忆，不敢让这段丢在记忆里的时光再被捞起。

但是我从未忘记，忘记我的这个弟弟，他喊我"圆圆姐"时甜甜的笑。

我的远儿，今天的天气和心情很适合写出这段文字，所以对不起，姐姐再一次将正在呼呼大睡的你吵醒。那个世界里一定没有疾病和忧伤，因为上天也不舍得远儿再一次受折磨。

还有远儿，你的弟弟已经两岁多了，他好可爱，眉眼间有着你的痕迹，你的妈妈偶尔会跟我聊天，用的是你的 QQ 号，言语间那些忧伤已经渐行渐远，所以懂事的你不必再对爸妈觉得愧疚了。

还有姐姐很好，不用担心，只是突然很想告诉你，姐姐好想你。

恰似玉兰悄悄开
—— 写给曾经的自己和现在的你们

　　最喜欢在这个季节，找一个阳光灿烂的午后，蹲在玉兰树下，仔细端详这怒放的白色花朵，微风摇曳中，清淡的芳香扑鼻而来，看，你从树下走过，一袭素净的白衣，婀娜多姿的身影，簌簌飘落的花瓣，偶有一片正好落在飘动的裙摆上⋯

　　匠心独运的美景，没有别出心裁的彩绘与装饰，一片好似盛雪的白色画面，却始终给予我更多的感动和遐思，不知是借景抒情，还是寄情于景，亦或原本就是一体的画，画面上，你与玉兰一同静静开放。

　　若喻作出水芙蓉，足够纯洁但不及清素，若比作九月秋菊，足够婉丽但不够端庄，恰恰这安静盛开的白色玉兰，才足以比拟你纯净美好的心灵，淡淡的清香正如你不娇不媚，坦然自若的心境。

　　你是护士，幻化人间画地为牢的天使，用你温柔的双手抚平无数病人的伤痛，用你的莺声燕语告慰无数患者的焦虑，用你匆忙有序的步履缓解家属的担忧和顾虑。

你是护士，在你风华正茂的年纪里，整日与各种无菌溶液、注射器一起谱写着生命的乐曲，一声声问候和嘱咐，一遍遍宣教和解释，一次次安慰与鼓励，正是这些"灵动的乐符"谱写了一首首动人的"生命序曲"。

最喜欢你的莞尔一笑，浅露的酒窝，或许有点过大的嘴角，不够标致，但是真诚的感觉溢于言表，很长一段时间里，都会觉得那种善良、那种美好是出自内心深处最真实的情感涌动。

有一种大爱叫作奉献，有一种执着叫作坚守，将自己所有的热情投入到"南丁格尔"事业中，坚守自己的誓言，甘愿做一支不起眼的红烛，用微弱的烛光照亮某一片角落，用自己的心去温暖别人的心底，这就是护士的誓言，这就是天使的愿望。

在跟一个护士朋友聊天时，我问她："当护士熬夜这么多，你后悔吗？"她诧异地看着我微笑说"不后悔"，接着说："虽然很多时候羡慕她们的高跟鞋，羡慕她们紧跟潮流的装扮，但是——"说到这里，她声音突然变得严肃起来："但是，你知道吗？有种感觉不当护士的人永远体会不到，那是一种离生命最近的感觉，当你的病人从重病中醒来的时候，那是一种生命最初的感动，你会觉得自己无论怎样都是值得的，那种自豪感是其他人无法体会的。"

我看着她的眼神，坚定的目光和因夜班熬出来的黑眼圈，原来这就是爱，对一种职业的爱，这就是一个90后对生命的见解，这就是善良的护士。在她们眼中，守候已经不仅仅只是个牢记心底的名词，而是恪守的职责，时时刻刻坚守岗位、分分秒秒抢夺毫无血缘关系，甚至只是一面之缘的生命，不仅仅是自己的责任和使命，更多的是心底的善良和真诚，才让她们能够勇敢坚守在生命的第一线，看一朵朵生命之花绚烂绽放。

仔细捡起落在地上的玉兰花瓣，一瓣一瓣轻轻收起放在手心，仔细端详，洁白的花瓣掺杂着手掌的纹理，仿佛在讲述着一个个关于"生命的感动"。

今天是你们的节日，没有鲜花、没有礼物，甚至连你自己都忙碌到忘记。但是，我记得，千千万万个我们都记得，在这个属于你们的日子里，"节日快乐"一句声情并茂的祝福送予你们，愿你们快乐幸福。

你，从树下走过，不知是花的洁白太过于耀眼，或是你的故事太过炫目，突然就湿了眼眶。

"校长"的故事

校长不是我的校长，而是我的病人。在我去年认识他时，他的四肢不能动已经有整整八年了，这里说的不能动是指四肢都紧紧贴在床上，不能有丝毫的活动，这种病叫运动神经元病。他全身肌肉萎缩，日常只能用唇语勉强表达自己的意愿，因为他是一名中学的校长，所以我们都称他为校长。

我们对校长的病是心知肚明的，大家对他有尊敬，有敬爱和崇拜，尊敬他是一位和蔼可亲的校长，敬爱他是一名坚强的父亲，崇拜的是他对自己生命的坚持和勇敢。但我，撇去疾病，羡慕的是他的爱情。

校长夫人有着优越的家境，为了校长放弃了自己的工作，专心照顾校长。八年的时间，没有人可以想象出有多艰辛，为防止出现压疮，每两个小时就得为校长翻身扣背一次、每天要擦洗身子、更别提大小便了，她忍受着他偶尔的小脾气，就这样，他们之间的爱情就靠一个勉强的口型维持着。我不知道校长会不会说"我爱你"，但是我有很多次都听他说的是"别担心"。

那时校长的情况时好时坏，好的时候就会用口语给我讲故事，关于他们的爱情故事，校长偷偷告诉我，当时是她倒追的他，他们是最好的同学，他们一起走过好长的风风雨雨，从初中、高中到大学，从相识、相知到相恋，后来组成了家庭。他还说，他们还有一个很帅气的儿子，他是这个世界上最幸福的人。

我微笑着打断他的话："校长不乖哦，还早恋呢。"

他笑了，咧起嘴的他看起来更加慈祥，每次讲完他总是看着我羡慕的眼神，得意地笑。

那天夜里，校长的情况很不好，医生下了病危通知单，我看着监护室外面的她瞬间憔悴了很多，拉着她的手安慰她道："校长一定会没事的。"

她说："圆圆，你知道吗？我不怕苦，旁人说这是拖累，但是他们不懂，只要他睁着眼睛躺在我身边，我就会觉得安心，他要真的走了，我该怎么活下去。"这句是她的原话，没有任何修饰，我就那样看着她，往日里明亮的眼神暗淡无光，但却始终没有掉一滴眼泪，我却忍不住别过了头。

我擦了擦眼泪，走进监护室，伏在监护室里正在抢救的校长耳边告诉他阿姨说的话，告诉他要坚强。他用唇语告诉我说："圆圆，你知道吗？其实我早就离不开她了。"这句话是分了三次说完的，那时候的他已经没有了丁点力气，但是说完他微笑着，勉强的动作和眼里流动的液体，我突然发现那才是爱情。我看着被病魔折磨得不成样子的男人，用最真诚的口语说出这些的时候，无疑只剩下感动和眼泪了。

那天，校长奇迹般脱离了危险，当我告诉阿姨，他的血氧饱和度上升的时候，我清晰地记得，她一下子瘫坐在地上失声痛哭。我终于明白了，爱可以让人变得如此勇敢。

由于重症监护室里是相对清洁和无菌的，所以家属不可以陪护，每天下午有半小时的探视时间。每次探视时，她都会打上一盆水，轻轻地为他擦拭着每一寸皮肤，一边擦一边唠叨着他们的儿子置办了新家具，等着他回去的时候就可以住进新房子了。她讲得那么认真，他听得那么仔细，生怕漏下一句。每次探视结束时，她总会轻轻地在他额头上一吻，说："加油，我在外面守着你。"

只是这简单的一句话，让他从来没有惧怕任何痛苦，无论是怎样折磨的操作，甚至每个面临一口气提不上来就离去的危险，他都会坦然一笑，我不知道这是不是就是穿越了生死的爱情。

很多时候，我总会想，他们相遇在哪个黄昏的街角，他们也有着怎样羞涩的小青春，或者还会有着怎样的小争吵和障碍。但是更多的，我想的到会是他们牵手走过校园，轻风吹动着她的裙摆，和他一起走在石子小路上，用稚嫩的语气说着执子之手，与之偕老。

他们真的做到了，他们的爱情让我由衷感动，透过那真诚的眼神，无论经历过什么，依然是那般的纯净透明。无论是再多的苦痛、再多的磨难，他们执子之手的誓言让我潸然泪下。简单的言语，都是忍受着巨大的痛苦，甚至用尽全身的力量，就如他们艰难的爱情一样，承受了如此巨大的痛苦后，仍旧不离不弃。

后来，我调离了科室，校长的情况有所好转，搬离了重症监护室，这样她就可以时时刻刻守在校长身边了，我也经常回去看校长，看着他脸上渐渐有了红晕，校长夫人仍旧边在病房里忙碌，边和他唠着家常，校长唯一能转动的眼神跟着她的背影在屋里转，嘴角是挡不住的笑意。

每次去看他，我总止不住坐在那里老半天，甚至有时我一言不发看着他们两个对话。那是一个简单的病房，陈设跟其他病房一模一样，但却异常温馨；同样的疾病，我却对校长倍有信心，我知道这种情感比传说中的灵丹妙药更加有效，我坚信他们的爱情能敌得过无数的风雨，像奥特曼一样打败可恶的病怪兽。

我坚信，第二个七年，第三个七年，依旧可以看到他们相依相偎，只因爱的力量。

感恩青春里的每场遇见

一场雨落下，桃花完全没了踪迹，我突然在想，春天是不是就此别过，无了踪影，就如正在渐行渐远的青春。

我有多久没有回忆了，似乎已经忘记了许多，那段时光里，那个穿着白色帆布鞋的岁月，我记得那时候，有人对我说，白色带着小点点的帆布鞋看起来很乖，齐刘海及腰长发跟我大大的眼睛是绝配。

也曾依稀记得有人为了我的那句随便，顶着三十多度的高温骑着自行车穿过整座城市，只为寻找那个叫"随便"的雪糕，纵使当雪糕递给我时，已化了一大半。

这些故事似乎真的早已远行，我也好久没有安静坐在这里想起了，昨晚两点多，一记闷雷将我从睡梦中惊醒，睁大眼睛看着天花板，一直到天蒙蒙亮，突然发现，自己始终是那个最害怕在下雨天夜里打雷打闪的姑娘，无论自认为有多勇敢和坚强。

有次我曾看他稚嫩的照片问，我说，你的这个时候是不是最开心。坐在我对面的你沉默不出声，我看到你抬头一瞬间的那个表情，纵使笑着点头。但我还是一阵心疼，我知道你的青春丢在了那个岁月，丢在了你口中说的那个大学，那个有着你梦想和最好朋友的大学。其实那个时候，我有一瞬间自责，我怎么没在那个时候遇到你。

墙上的照片告诉我一路走来遗落的时光，脸上的稚嫩在不断消失，虽然直到现在还有人羡慕地对我说，年轻真好，可以肆无忌惮追逐自己的梦想。我报以微笑。

时光真的是个好东西，似乎我已经变得不再那么容易感动，很多时候我学会了逻辑思维，不会再因为一点点小事感动，我曾听说，等到对所有的事都到了风轻云淡的感觉时，我才是真正成熟了。我也在一直努力，努力做到笑看云卷云舒，不喜亦不悲。

但很多年后的今天，我的的确确还是感动了，为一个从北京来的邮包。因为漏下一位数的电话号码而辗转好几遍才到我的手里，打开包裹里面是一本封面都磨破皮的书和一个小箱子，箱子里是各式的小玩具和一封手写的信。

信上说，这是他三次外出在不同的地方给我积攒的礼物，每个礼物都有特殊的含义，他说，书从新兵连起就一直跟着他，他说，要努力，要坚持自己的梦想，紧握刻着"伊兵"二字的天安门留念牌子，突然泪湿眼眶。我给他发短信，谢谢你，谢谢你带着伊兵，看了她最想要去的北京。

我说过一句话，我是一个幸运的姑娘，总会有人在不同的时光，用不同的方式给我恰到好处的温暖，他们就像接力棒一样，给我青春的旅程中，一段又一段感动，亲情、友情，以及爱情，每一段都会让我足以为之动容。

我轻轻呼吸，生怕把这些美好给一不小心吹跑。有人跟我说，看我写的字，就像喜欢一个人一样美好，跨着城市与城市的距离，有种奇妙的力量瞬间溢满全身，我懂，我懂这就是，感动。

我知道木心先生的《从前慢》是我们向往的感觉，落日余晖里，眺望远方的目光，身边陪伴的人从青葱到白发，这样可以一直蜷缩在一个人安稳的臂膀里，听他结实的心跳。我知道，也明白这不仅仅是我一个人的梦想，而是每个人心中最渴望的美好。

　　只是，走着走着，我们会被世俗冲淡，会被现实捉弄，尔后笑着看那些坚持牵手的人，一脸不屑，甚至是冷漠，但其实那些冷漠目光后藏着深深的遗憾和羡慕。终于我们懂了，从一而终的不放弃不抛弃，才是我们摒弃一切想要追逐的东西。但似乎一切都晚了，只能笑着说，很久很久以前，那些年，我们爱过，最终没有结局，然后叹息，把遗憾藏在心底。不要埋怨青春，只能埋怨不懂珍惜的自己。

　　其实，不必遗憾那个时候没有相遇，或许即使那个时候遇到你，我们也不一定会相拥在那个古城的楼上，青砖白瓦，我指着那个角落说，看，那里真美。你笑着说，是呀，其实很多时候，我们的想法是一样的；也不会在那个午后，初次见面时，你自然地拉过我的手，而我没半点扭捏的感觉，终于我明白了，哪个阶段遇到哪个人，心底是哪种感觉，本就是注定的事儿。

　　楼下的玉兰结出了花蕾，我笑着在树下张望，我知道桃花谢了，玉兰会再开，而不断成长是我们必须要走的路，青春从未丢去，只在记忆中默默盛开。

　　感恩青春里的每一场相遇，那些错过的，是为了告诉我们珍惜的含义。感恩青春里的每一场相遇，那些注定的，是为了告诉你，经得起平淡的感情有多珍贵。

　　感恩青春岁月遇到的你们，和你们用心给的美好和温暖。

细数那些遗落在流年的温暖

昨天,一个很久都没有联系的朋友,在微信上问我周末是否有空回去,说是在网上订了一瓶不错的红酒,回去陪她小酌几杯,我笑着说:"档次不错嘛,怎么还想起酌酒了?我又不会喝。"

她发过来一连串的搞笑表情和一句话:"给你过生日。"我才慌忙翻手机上的日历,仔细一瞅才发现原来自己差点错过了生日。心中一股温暖升腾而起,实话说很享受也很感激这种被人惦记的感觉。

周岁的生日是在奶奶、妈妈和大姑的言语里拼凑出来的。奶奶说:"圆圆周岁那年在毯子上(老家的一种风俗,在小孩周岁生日那天要在地上铺上一张红色的毯子,上面摆着象征各种前程的东西,勺子、笔、本、钥匙等,让孩子爬在上面自己去抓,用来寓意孩子的未来)抓来抓去就抓一个东西,就是笔,那时候就想着这孩子准能跟字打交道,准行!"

"什么呀,那是她小时候手太小,抓别的捏不住,就能捏着铅笔……"这是大姑的话。

听了大姑的话全家人都大笑,我转头看着老妈,老妈笑着示意要说

134

话，本以为她是打圆场，谁知道老妈一张嘴大家更乐了："她奶奶怕她不抓笔，特意用花糖纸把铅笔包的花花的，两头还捏了俩花边，她不抓那抓啥？"

妈妈说完，我也止不住笑了，走到奶奶面前伸出胳膊抱了抱奶奶，我的怀抱已经能包住奶奶瘦小的身体了，她老了，可我就在她给我的期望里长大了。

记忆中的第一个生日应该是十岁，天很冷，我就蹲在大伯面前瑟瑟发抖地，看着他一根一根揪着盆里那只母鸡的毛，大伯的手在冰冷的水里冻的发红，我问他冷不冷，不爱说话的他笑着对我说："冷啥？不冷。"说着还把几根揪下来的鸡毛拎起来往我眼前晃悠着，吓得我往后退好了好几步，然后我俩大笑。

"哟哟哟，妈，你看看我爸，我生日也没见我爸还宰只鸡！"刚进门的哥哥（伯伯的亲儿子）在我身后呲着嘴说。

"那有什么办法，谁让你是男孩呢？"伯母从厨房端着煮熟的鸡蛋走到我们面前，递给我一个，接着对我哥说："鸡蛋煮得多，给你补上一个？"

"还有鸡蛋！怪不得别人都说你们是她亲爸妈，我是抱回来的呢！"哥哥一手夺过一个鸡蛋，往我身边靠了靠说："自己掏，右边裤子口袋里有礼物。"虽然翻着白眼儿，但他脸上是憋不住的笑。

是一支瘦瘦的乳黄色的复写笔，笔的那头有一个可爱的小笑脸，我在学校小卖铺见过，垂涎三尺了好多天。我开心地对着哥哥傻笑，哥哥继续翻着白眼帮我剥鸡蛋。

那年爸妈没在家，可他们给我的却是一个没有任何零碎，把我完全当自己女儿的生日，让我从未有过任何委屈，我知道这叫亲情，或者说叫亲人给的满满的爱。

十五岁，在课桌的抽屉里发现一个纯手工做的小盒子，盒子是各种卡片用胶带粘起来的，五颜六色的卡片可以看得出收藏了好长时间，盒子顶部还有一个用纸剪成的可爱小姑娘，盒子周围还有彩笔画上的小花、小草和一只眯着眼睛的小猴子，盒子里是一张卡片："祝我们的小圆圆生日快乐！"

看字迹就知道是谁送的，我的发小溜溜蛋儿，我扭头对着她笑，她也笑，笑着说："不是我一个人做的，是红利和老常我们仨！"那天下午阳光正好洒在她的课桌上，她趴在桌上短短的头发和笑着露出的小虎牙，至今仍清晰地保留在我记忆里，而她身边那两个正在跟我赌气的姑娘鼓得胖胖的腮帮子更是让我想起来就想笑。

如今，老常的孩子下个月就出生了，值得一提的是她嫁了一名边防军人，溜溜蛋也已经和他男友完成了七年长跑订了明年的婚约，红利同学现在努力考研，为她的音乐老师梦想做积累，上次见她出落得越发亭亭玉立，而我也坐在这里用键盘回忆那段，她们用心给予我豆蔻年华里撇不清的感动。

十八岁，我的成人礼，只有一个人参与，是我的铁姐们儿老皮。那天下了好大好大的雪，我下夜班，中午正在睡梦中的时候，听到钥匙拧门的声音，随后一个满头是雪裹着一股子凉气儿的人进了屋，我从床上跳起惊呼："谁呀？"

老皮看到我跳了起来，不好意思地说："我动作很轻了，还吵到你了。"

"你不是说中午不回来了吗？"我揉揉眼睛问她。

"怎么着今天也是某人十八岁生日，我能不回来吗？"边说着便把手中的土豆往盆里放边说："外面下大雪了，回来的路上都没卖菜的，时间紧也没来得及去超市，就只买到了土豆，不过还好买到一点鸡架子，给你将就着做碗长寿面吧！"

我记得那天，她把自己碗里的土豆和本就没有肉的鸡架子不住往我碗里夹，就用她那双冻得红肿红肿的手，她说："我摔了一跤也没买到鸡腿，就只剩下这鸡架子了，凑合吃吧，从今天开始，你就是大人了，以后要学会照顾自己了！"

现在的我们同在一个城市里，却因为工作原因，并没有经常见面，但是我始终都记得，她曾为了我顶着漫天大雪穿过长长的三条街，只为给我做一碗面条，这是我任何时候回想起来都会微笑的骄傲。

十九岁，我吹了两次蜡烛，吃了两个巧克力蛋糕，两个同姓张的姐姐给了我生命中一个难忘的生日，同样在身份证上看到我出生年月，用日历查出来阴历的她们，不约而同拎着巧克力蛋糕先后敲开了我宿舍的门，一个是君姐，一个是蕾蕾姐。

上次去看君姐的时候，她的宝宝已经快一岁了，长的特别可爱，我知道岁月已然让我们当年的关系变了模样，但她们曾倾心在这个陌生城市里给我的感动，足以让我在面对任何事时都会感到温暖，我常说，我的坚强就是身边的她们给的。

二十岁，是那"三朵金花"一同给我过的生日，记得那天吹蜡烛时我们共同许下的愿望，短短一年时间就只剩下我一个人看着照片，想象定格那刻的美好，回忆着属于我们的那段青春岁月。

二十一岁，办公桌上的那盒蓝色玫瑰花、吉米的手绘钱包和那张写着"丫头，生日快乐！"的小卡片，打开《军旅文学》频道，看到姐姐写给我的文字，眼泪瞬间决堤，不是说我是个很爱哭的姑娘，只是这些细微的感动足以触碰到我细腻的神经。

昨天在看书的时候看到一句话，说回忆是记忆的最后一个阶段，也属于记忆的一部分。我用红笔圈了起来，因为我懂得这句话的含义，我更明白就像这些伴着我长大的感动和温暖一样，一直存在我记忆里的最后一个阶段，那就是美好的回忆。

没有人阻挡得了流年，但也同样没有人能阻挡得了这些故事，无数个黑夜里我就靠着他们安眠，无数个独自哭着的日子里，我就靠着他们坚强，无数个坚持不下去的时候，我就靠着他们勇敢！我知道也懂，我很幸福，因为一路有你们相伴。

温暖其实从未未遗落过，因为你们一直都在我的心底，无论哪年哪月或是哪天。

我的，和他们的青春

太阳落山了，眼前操场上的设备被一点点收起，夕阳渐渐打在还没长出来的小草上，枯黄的叶上洒满了金黄，空旷的操场给人一种说不出的孤单，虽然有一大群人在身旁。

这里的一花一木都是绿色的，至少在我眼里。并且它们都在不停地奔跑，从这季节到下个季节，就像这里的人一样，身着绿色的他们，也在不断奔跑，三公里、五公里。而不同的是，他们脚下跑过的不是路，而是青春。

千万遍重复的机械性动作，直到手都磨破；千万遍同样的口号，直到嗓子都喊哑；千万遍说要放弃，却一次又一次勇往直前，人们都说他们是最可爱的人，我想说他们是"绿色巨人"。他们是顶天立地的巨人！

就这样看着他们在我身边跑过，熟悉到全世界都知道的口号，此时就真实地在我耳边响起，一遍又一遍，突然让我想起一个词儿，叫"致青春"。

致他们奔跑了无数遍的操场，而最后不能带走一棵小草，留下的只

139

是汗水、泪水和影子的青春。而搁在自己身上，青春这个词儿就变成旁人无法想象的坚强和勇敢。

正在这时，对面跑过来一个小战士，别人叫他战士，我更愿意觉得他是个可爱的小孩儿。标准的军礼后，他笑着递给我一朵黄色小花，他说："大姐姐，送给你。"脸上的真诚，让我突然觉得很心疼，这样的年纪，本该依偎在亲人身边，撒娇调皮，而他此时却站在我面前。

接过花，我笑着对他说谢谢。他腼腆地低下头看着我笑，然后说，"明天若是你来就见不到我了，我就要去别的单位了。"说完他接着笑了，眼睛弯弯很好看的那种笑，我突然觉得他真的特别像自家那个，经常跟自己撒娇的小弟。

我没问他为什么跑过一个大操场，穿过操场上的人群，单单只把这朵花送给了我，我想这肯定有他说不出的原因，但他的那声大姐姐也就足够说明了什么。

在他心中我是那个有缘分的姐姐，那在我心中，他就是那个有缘分的弟弟。他不再是受着严苛纪律约束的战士，不再是逼着自己不断长大的战士，不再是别人口中必须要坚强的战士，他只是一个弟弟，那个像我弟弟一样，可爱纯真的小孩儿。

看着他转身跑开的脚步，我轻轻将这一朵随处可见的小黄花放在口袋里，我想即使花不能保存一辈子，但这份情谊也要用我特定的方式，写出来沉在心里，一辈子。

温暖其实很简单，就像此时，夕阳好看的颜色正好打在我左侧的脸上，不知道从镜头里看，也会不会是一个很美的画面，但我知道美已经在我心底，荡漾开来。

这里是我离开了十几年的地方，意外的回来，却让我有了更多不同的收获。是一种力量，一种勇往直前的力量。回来的路上，我悄悄在日记本上写了一句话。沿着自己的路走，记下他们的故事，无论再苦都要带着文字不断向前，和他们一样做最好的自己。

　　我明白，自己的青春也会逐渐消失，但我也要像他们一样，在未来任何岁月回忆起这段日子，自己足以配得上美好这个词语！

　　这就是我和我的青春，和我笔下的，他们的青春。

愿多年后，你仍是今天的自己

早上 7 点 51 分，医院澡堂前的路口，总能遇到一个女人骑着电动车载着自己父亲从身边经过。

冬天的时候，坐在电车后面的老人，瘦弱的身体蜷缩在宽大的黑色羽绒服里，戴着一顶针织的灰色帽子。夏天的时候，老人穿着咖啡色的短袖，黑色的裤子，老式布鞋。

而每次要过地上的减速带时，老人会把双手反撑在车后座上，用来抵抗电车碾过带来的颠簸。

我从机关回到科室，这近一年的时间里，只要上班，就会遇到他们。老人从住院部门口下电车，比我早一点儿，由于他走得慢，等我走到门诊楼上楼梯时，刚好会再次遇到老人。

他走得很慢，拽着楼梯扶手，一步一步艰难往上走，瘦弱到佝偻的身体向前倾着，把重心都落在脚上。

我总会在旁边悄悄看着他走到二楼后左转，才安心地跑上三楼。

有种说不出的情绪在其中，每每只要看到他，心底有一丝荒凉掠过的同时，又有种踏实感，而看到他默默一个人坚定地走进肿瘤科病房时，我总会在低头的瞬间忍不住酸了鼻子。

在医院工作了近8年，我曾在急诊科门口听到撕心裂肺的哭声，在医院看到躲在角落里低声抽泣的患者，当然我也忘不了第一眼看到新生命时的惊喜。

就在今天上午，我让一对来结账的老夫妻签字，一位戴着假发的肿瘤患者在签完字儿后，悄悄指着去结账的老伴儿跟我说："你不知道，他有多依赖我。"

说这句话时，我清晰地看到她眼底透出的无奈，和忍不住闪动的泪花。

生命很奇怪，我们总会在一帆风顺时不甘于平庸，不断故步自封，一遍遍努力，却找不到出口，而当真正面临死亡时，才会发现，其实生活很简单，还活着，还在微笑，就是最好。

然后我想说，比有血有肉活着，再好一点，就是还能热泪盈眶，很多年后，无论你相貌如何改变，还是年少青春时的心境，才是真正的赢家。

这段时间，要毕业了，我曾写了很多关于毕业的故事，原来我的侧重点总在青春，离别，迷惘，希望和不舍上。而现在，当我很久没有提笔，在繁杂琐事中沉淀之后，我更想跟大家说，其实毕业季，我更希望很多年后，你仍旧能够像今天离别时一样，热泪盈眶。

我曾见过一个营长的赤子之心。

他在食堂大口吃肉，囫囵咽下的感觉豪爽之至。人人都说他是大大咧咧到极致的那种，我也这样认为。

可就当我看着他红了眼圈的时候，我才发现，这个从野战走到后勤，当兵近二十年的他，一路走来，无论环境如何改变，他的眼底和心底都仍旧是那个最纯净的自己。

那天是老领导离开，他说他看着领导夹着公文包下楼的瞬间，有种想哭的冲动。他说那瞬间突然想到，这个在部队干了一辈子，孩子高考都没去送孩子，妻子生病没空回家照料，深夜坐在办公室沉思，自责到把烟头摁灭在烟灰缸里，却也一言不发的人离开的模样时，泪就忍不住了。

那天我破天荒地起身给他认真倒了一杯水，我没有安慰的话，只是在心底，我认真固执地坚信这是个好人。因为这么多年，经历过无数场离别后，还会为别人的离开而动情的人，心底很干净，这种纯粹的热泪盈眶，让我感动。

前几天，倾盆大雨落下时，我将馒头和牛奶拿给坐在楼下佝偻着头的老人，他跟我一起站在雨中边打电话报警，边和救助单位联络。旁人都在诧异他的心细时，我丝毫不惊讶。因为我知道，他这么多年，一直都是曾经的自己。

我听说无论是军校还是地方大学，在毕业的时候，都会喝酒喝到大醉，在醉后的离别之即，大家都会相互祝福，也会暗下决心，祝福别人未来的路平坦无忧，而对于自己，也暗自立下无论世界多么迷惘，都坚定勇敢走下去，一定要混出个样子的誓言。

已工作了八年后的我，我也想给大家送个祝福，我的话很简单。

不要期许所有人都惦念今天的情分，但你要记得今时今日为青春共同举杯的你们；不要渴望未来的自己要成为多厉害的人，但要有决心踏过所有的不平坦。要记得今日暗自立下誓言时最纯粹的模样，未来无论被生活怎样百般折磨，愿，你仍旧是今天的自己。

因为，这将是多年后，你能给予自己的，最好的骄傲。

"四朵金花"的故事

许久之后，我们想起那些事儿，回忆起那些说不清楚原因的在一起和没有理由的分开时，当我们一遍遍用生疼的心去惦念时，常常会用上一个词语，叫作——青春。

"'四朵金花'，用脚趾头想想就知道，铁定是小尹同学取得名字！"这是薛蛋蛋推开宿舍门的第一句话，说着将手里洗好的苹果扔给我，顺便不忘放开嗓门对着我补充一句："当真是个极度恶俗的名字！"然后她们仨对着气呼呼的我哈哈大笑。

对，面前这三个笑得不成样子的女孩儿——短头发假小子薛蛋蛋、田园温婉风老万、时尚漂亮琼洋君，和傻二吧唧的小尹同学，就是205宿舍的"四朵金花"。

她们是必须要承认这个名字的。因为我在为琼洋君订制生日蛋糕时，偷偷跟蛋糕店的老板说了点什么，在他不解的眼神下我笑着离开。我清楚地记得，当她们三个看到蛋糕时的表情，错愕、惊呆、然后狂笑、后来落泪。

蛋糕上是四个可爱的小姑娘，红、黄、蓝、白色的头发卷卷的十分可爱。最重要的是，下面的那行字——"四朵金花"在一起，不相离。不得不承认，那瞬间每个人的眼中都闪着亮晶晶的东西。

当一个人在一个陌生的城市里看霓虹的时候是孤单，当几个同样孤单的人一起看时，升腾出的情感，叫友情。就这样，我们相约以后每个人过生日，我们都要在一起。我们为彼此祝福，参与彼此的喜怒哀乐，分享对方的快乐和忧伤，在这座说不出熟悉还是陌生的城市里，相依为命。

想起我们第一次去游泳，薛蛋蛋离奇搞怪的穿着一套豹纹泳装，不仅是豹纹泳衣，还戴了个豹纹帽子，主要是短头发不仅没丝毫性感的感觉，仰在水里俨然就是一只"淹死"的小豹子；躲在救生圈上的琼洋君，整整在水里漂了三个多小时，等到上岸时才遗憾发觉，脚几乎没挨着游泳池的底；老万刚开始乖乖的一遍遍练憋气，被薛蛋蛋摁在水里大喝一口水后，就坐在池边用手紧抠着保护栏，任凭我们怎么拉都死活不肯下来；还好有我陪着那只淹死的小豹子一遍遍地嬉闹，水花就那样肆无忌惮地打在我们身上。她们把我的刘海用个大红色的发卡夹起来，我疑惑，解释曰："这样才更像只傻不拉叽的猴子……"

我记得我们一起去逛街，走到华丽的衣服前，怂恿着大家去试穿，常说的一句话是"试试又不要钱，快去，我就喜欢看你穿上不好看的样子"；走到好利来蛋糕店门口，总会看着铺满粉色花朵的那个模型蛋糕流口水，然后说："什么嘛，这么贵，干脆直接杀人抢钱得了呗！"走到真爱婚纱摄影店门口的时候，四个黑溜溜的脑袋齐刷刷地转过去，看这个季节，门口是不是又换新款婚纱了，然后不约而同看着薛蛋蛋说："男人，依旧不适合你！"很长一段时间，我们都在探讨一个问题，像薛蛋蛋这样的"男人"究竟会娶一个什么样的"女人"？

就这样，我们在一起，从春夏到秋冬。夏天一台轰隆隆的电扇都能让我们咧着嘴大笑；一顿集体蹭来的晚饭让我们美到合不拢嘴；几张抢过来的电影票会让我们屁颠屁颠在午夜跑去看电影。当然不可忽略贡献最多的是琼洋君，因为瘦瘦高高长发飘飘的她吸引力是相当大的。每次我们看着寄来的包裹，总会各种风凉话一块儿说，但只要巧克力分我们一半时，就变成各种能行不能行的拒绝理由，我们知道她不喜欢。

她喜欢的是她的初恋，我们都很好奇，如此漂亮的姑娘曾有过怎样的一段恋情，她从手机上翻出照片，是一个不怎么帅气但足够阳光的男孩。蛋蛋夺过手机直接点了删除键，然后说了一句很有哲理的话："把过去删了，才会有未来。"

眼前哭得稀里哗啦的琼洋君瞬间呆滞两秒后，从梨花带雨变成了号啕大哭，我们三个在旁边笑，不是幸灾乐祸，而是我们已经帮她出了气，早在一个多小时前，我们已经给她初恋男友打了电话，政治课整整上了三十分钟，言辞犀利相当有穿透力。

记得那天她哭到很晚，最后哭得睡着了。因为那天是她初恋男友结婚的日子，新娘是她曾经的好朋友，我总也不相信，如此狗血的剧情会出现在她身上。让我好一通感伤，不过还好，她现在遇到了非他不嫁的男友，是一名海员，我们简称"二"哥。

薛蛋蛋的相亲记更是爆料的典范，每次她都会穿着高跟鞋、半短的裙子、配上她的超级短发，整个就是"半成品"的感觉。她总是故意扭着屁股出门，然后灰头土脸地回来。当我们各种安慰时，她却说："这'女人'不适合哥，走，咱吃饭去。"蛋蛋不是不懂爱情，她爱过一个男孩，跟着他学会了打篮球、逃学、甚至是离家出走。最后没有最后，她常说不遗憾，至少学会了我们都不会打的篮球，说着还把额前的刘海潇洒地往后一拨。

背着薛蛋蛋我们会讨论，她是真不在乎，还是假装的。这时，老万淡淡地说："能忘记的感情就不叫初恋。"我们看着她，继而沉默。我终于找到了四个性格各异的女孩子，为何能如此亲密在一起的原因，这是我们不算唯一，但也是极少共同点中的一大项，走过的故事里，总也会有念念不忘的人，念念不忘的事儿。当然这不仅仅只有爱情，还有出现在我们生命里的每个人。

那些人中包括利姐，那个出现在重症监护室里的女人，肚子里是必须要拿掉的孩子，濒临衰竭的心脏和肾功，重度甲亢。这一系列的疾病，远不及抛弃她的丈夫带来的伤害更猛烈。我们就那样看着，心疼着，我们轮流给她买好吃的东西，她最爱喝的鲜橙多，给她讲要勇敢，未来的路还有很长，一定要坚强。自此，我又找到了我们另外的一个共同点，那就是难能可贵的善良。

我去看了《小时代》，当我看到林萧从男朋友的楼上下来，世界都塌了的时候，站在楼下等她的，却是刚刚吵过架的顾里。眼泪汹涌而出，我想到了她们，想到了我们美好单纯的小故事。

再后来，生活没有童话，有的只是各安天涯。最先离开的是薛蛋蛋，她的男孩儿个性终让她吃了大亏。就像《致青春》里的小北一样，她的潇洒和豁达让我们目瞪口呆，我们微笑着送她离开，祝福和期待不言而喻，但说得更多的就是加油，要坚强。

尔后离开的老万，恋家的她最终选择了回家做了乖乖女，她走时，我没去送她，因为我实在不知道，该用什么样的心情再次面对分别。我把屋里放着的四个颜色的碗都拿出来，一个一个地看着，想到那个时候，她们抢着吃我做的饭的样子，想着想着我就哭了。那晚是我第二次缺席聚会，是因为没有勇气面对在未来我们会分开，然后成为路人的事实。

第三次缺席，是在前几天，我看到那块亮着蜡烛的蛋糕，草莓味的是琼洋君的最爱，没记错的话，这是我认识她以来，她的第四个生日。旁边是两个一起吹蛋糕的可爱姑娘，我笑了，然后心突然就疼了，这一次不是我主动缺席。

回忆总是大把大把的，怎样都写不完，就像这些马上就要逝去的白纸一样，被黑字填满的时候，就不得不消失。

我在照片下留言，简短的四个字，生日快乐！我没有太多的伤心，关于被丢下的感觉，只是遗憾。以后再也没人陪我在这里看霓虹了，我的生日愿望也没有人同我一起分享了，不过还好，大家都幸福就好了。

我记得的，只是我们在一起时的快乐，你们会在我演讲和解说成功的时候在空间发心情，是那句"尹同学是我们的骄傲！"；左手腕受伤时，你们帮我穿衣服拎洗澡水梳头发；加班时，你们帮我带我最喜欢的那家包子；还有，在我肚子疼得哭着回去时，你们总会笑着给我拿来止疼药；还有那次游泳，滑稽的大红花是为了能时刻清晰地看到我是安全的。这些好，我会记得，不多不少一辈子。

我也会记得，在我青春最彷徨无助的时候，有你们在我身旁，在我最需要肩膀的时候，你们给过我依靠，我们相互依偎着取暖，让生活里的每个隆冬都像春天一样温暖。

剩下的就是祝福了，我亲爱的姐妹们，我们要坚强，蛋蛋要坚强地适应那个新环境；老万要坚强地做好那个可爱黏人老妈的乖乖女；琼洋君要坚强地等你的"水手"回来，亲手给你戴上钻戒；至于我要在纠结的梦想和现实中，坚强地走自己选择的路。

如此，便是美不胜收的结局。

那年青春里的她与他

再次见到她，是在同学聚会上。

聚会这天，他第一个到场，眼看同学都到得差不多了，却一直未找到她。他焦急的目光一直延伸到门口，期盼了八年，他想，八年后的她还会不会是那个可爱的小丫头，她长高了吗？变胖了吗？还留着齐刘海吗？

八年真的改变了很多，他已经不再是曾经那个自卑的小男生，他成了一名解放军军官，今天他除了带上自己的军官证外，右侧的口袋里还带着一个盒子，盒子里是一枚钻戒，他想如果她愿意，他就给她一个她梦中的婚礼。

他端起面前的可乐，大口大口喝着，紧缩的额头和握紧的拳头看得出他的紧张。

"在等她吧？"身边的同桌小玲温柔地问。

"嗯。"他点头。这是唯一一个知道他秘密的人。

"加油。"她说。

"我会的。"杯子相碰，可乐有少许溢出。

她来了，他一眼就看出夹在同学间走进来的她。比以前长高了，依旧是那双大大亮亮的眼睛，长头发，只不过直直的变成了卷卷的，没有了齐刘海，看起来有少许成熟，但黄色羽绒服却恰到好处地显现出她的可爱，一切都没有变，她依旧是梦中的她。他笑，嘴角是满满的温柔，倏忽间他在想，若是他带的兵看到他露出这样的笑，会不会像哥伦布发现新大陆一般惊讶。

她走了过来，笑着对他说："你真当兵啦？空军还是陆军？"

"嗯，陆军。"说着他把左边口袋里的军官证拿了出来。

"哈哈，这可不能随便拿出来的，违反规定的哦。"她看着军官证对他笑着说。

他也笑，傻傻的说不出一句话。于是从旁边拿起一杯可乐递过去，她接到手里说："呦嘿，军人就是不一样，懂礼貌多了，不像原来还跟我抢包子。"

"你都还记得呀？"他不好意思略显羞涩地笑着说。

"当然记得，好咯，我去点歌咯。"她举了举手中的可乐说："谢谢！"

同学们都在笑着闹着，说着八年前的那些幼稚甚至有些荒唐地可笑事儿，他紧握拳头坐在一旁，穿过人群的目光时不时会与她相撞，她微微颔首示意。

"去，再不说就真的没有机会了。"小玲提醒道。

"去吧，无论结果，总该让她知道你的心思呀。"面前这个女孩的字字都敲在他心上，他捂了捂口袋里的钻戒，走向点歌器。

他点了静音，包房里一片安静，他说，接下来我要唱首歌，请大家不要打断。

大家都被他那首《我想大声告诉你》里的深情融化了，看似在唱歌，其实他知道自己一直在回忆，回忆自己在军校那段日子里一个人踩着落叶走在校园里的孤单，冬夜连队站岗时揣在怀里的那张照片，新兵连想要放弃的那瞬间，想起她微笑着的脸，高三那年得知她就读的卫校宿舍电话时，一口气跑到电话亭时的欣喜。

想起，那年午后，阳光打在她额前的刘海上，同学开玩笑说，你俩真是天造地设的一对，他笑着对她说："我娶你可好？""好呀，你去当兵吧，当了兵我就嫁给你！"她的笑漫过嘴角，阳光下齐齐的刘海挡不住笑着的眸子。他呆了，就为这句话，奋不顾身。

八年来，他想过要联系她，除夕的鞭炮声、情人节的街边，落雪的冬日，收到军校通知书时，拿到三等功奖章的时候，他都有想过，但他总想让自己再优秀一点，再优秀一些的时候告诉她，她一直在自己的生命里。

歌唱完了，他居然发现自己已泪流满面。他将戒指从口袋掏出，握在掌心走向她。

此时，电话响起，正当大家面面相觑时，她拿起放在桌上的电话，笑着说："嗯，我知道啦，穿得很厚，不喝酒，你训练结束啦？"说实话她的笑很可爱很好看，有着对旁人说不出的甜蜜，但他清楚，这笑这辈子已经不会再属于他了。

"你男朋友呀？"他故作镇定地问她。

"是呀，跟你一样是个军人。"她的脸上是掩不住的自豪。

"哦，真好，你终究还是成了我们伟大的军嫂！"他故意大声说。

"哦，军嫂哦！"同学们起哄的声音经久不停。他借此走出包厢。

那天，他是第一个来的，也是第一个离开的。

再次见面，是在他的婚礼上，她是特约的伴娘，一袭粉色长裙依旧漫过他的眼睛，他笑着说："我家姑娘，越长越漂亮，哪家小子这般有福气。"她笑，看着他的军装礼服说："我家小伙真精神，真帅气。"看了看旁边的新娘对他说："好好爱她！"

婚礼进行曲响起，新人上场前，她收到两条短信，一条来自新郎的那句，"我不再等你了。"另一条是来自小玲，也就是今天新娘的两个字："谢谢。"她没有回复，因为不知道该说些什么，只是起身拖着粉色的伴娘长裙走了出去。

窗外，九月的阳光有着刺眼的明媚，她抬头用手遮了遮，突然想起许多年前的那个，也有着灿烂阳光的午后，他说："我娶你可好？"

"好呀，你去当兵吧，当了兵我就嫁给你。"这是他们都知道也是伴着岁月反复回忆的镜头。

但他却不知，她曾在他的书桌上看到一小行字，上面写着，长大要当一名威武无比的军人，保护心爱的她。那个时候她最想做的就是，他最心爱的她。

或许真的，喜欢过就够了。

你是物是人非里，唯一的知己

前几天跟朋友一起去看了《28 岁未成年》，电影散场时，已是深夜。从电影院出来，我对身边的朋友说，我说我们跑步回家吧，她俩说鞋子不方便的同时，用几分诧异的眼神看着我。

我拉上羽绒服的拉链，用手腕上的皮筋绑起头发，耳畔是呼呼的风声，远方的霓虹，身侧的霓虹，身后的霓虹，一同亮起。深夜的夜还不太想寂静，就像我们曾经渴望过的青春。

跑到一半时，电话响起，特有的铃声我笑着接起。

他说，慢慢跑，因为前面的路还有很长，他说尽量跑在有路灯的地方，要注意安全。完了还不忘记笑话我，要是真的跟他比五公里，肯定输得一败涂地。

挂完电话，我想起十七岁那年，我看到的一句话。那个写手说，凌晨三点的马路上，我遇到红灯就乖乖停下，等到绿灯亮起时再往前走，因为我怕，万一倒下了，连个知道的人都没有，多悲哀。

那时，我特喜欢这句话，以至于很多年一个人在陌路他城里，我真

154

的就是遇到红灯乖乖停下，看到绿灯亮了再过斑马线。

谁的青春里没有那么一丝略带孤单的伤感，谁人不会稚嫩地将忧伤成倍放大，再放大，直到就像很有名的那句当悲伤逆流成河。

小凉夏十七岁的梦想是当个画家。早上来上班，我问大家，十七岁的时候大家都在干什么，都在想什么，或者有什么梦想时。

她们将水杯里倒满水，然后打开电脑，输入密码，继而看向办公台面外的窗户。

沉默，再沉默，再再沉默。

我懂了，其实每个人在十七岁那年，都住着一个二十多岁的自己，长发及腰的同时，还能主动跟陌生人打招呼，还能高兴时手舞足蹈蹦蹦跳跳走路，还能路见不平，拔刀相助。其实就是希望自己的容颜无论怎样改变，遇事装得多么成熟，而心境从未变过。

我的十七岁跟大家一样。

那年我穿护士服，遇到的第一个病人是个有机磷农药中毒的女孩儿，那个女孩子特别胖，那年她十八岁。

她是自己喝的农药，是爸爸洒庄稼剩下的，就放在堂屋的桌子上。她跟我说，其实很难喝，可那瞬间就是忍不住，他原来很喜欢她的，就是因为她胖了他不喜欢了，她就是想不通。她想，死了，看那个男孩儿会不会愧疚。

她在病床上一遍遍回忆着自己同村的男孩儿，那个跟他一起外出打工的男孩儿，她说他染黄色的头发，穿蓝色的牛仔裤，她还说她是为了他才休学的，说着眼神看向床尾，强忍着眼泪。

最后她问我，她说，你说我会瘦下来吗？跟原来一样好看？

我说，会的，我妈都说我们现在是婴儿肥，等长大了就变苗条了。

我说完这句，门外带我的老师扑哧一声笑了。

我们俩疑惑地看着她，她圆圆的脸上圆圆的眼睛闪着光，她说，我们科真的来了个活宝。

我再转头时，那个女孩儿也看着我说，你跟很多护士都不一样。

我疑惑，然后低头，她说，真的不一样，你愿意陪我说话。

我说，可我不会扎针呀。

她一把撩开袖子说，扎我。

结果是今天坐在这里，我还清晰地记得当年的那个场景。第一针扎在一个最信任我的病号身上，不仅没扎上，在拔出时还没解止血带，以至于瓶子上、我的手上都是血。

这就是我的十七岁，慌乱任性，什么都不懂，什么都会搞砸，但却一腔热血，发誓自己二十六岁时，一定不变得麻木，要认真对待自己遇到的每个病人。

对了，那时候，我还不会写字，也从未有过成为写手的梦想。单纯就想做个善良的人，用心做个善良的人。

如今二十六岁的自己，还是那个任性到极致的姑娘，还依旧会主动跟病人聊天儿，每天都会听到无数个故事，甚至在义诊时听到别人的艰难，还是会瞬间落泪。就在刚刚还留下了一个在火车站上班的患者家属，他说春运再坐火车去看老公，买不到票时就给他打电话，瘦小的我可以挤进去。

我笑着说，再不用翻栏杆了。

我不知道未来会不会麻烦这位哥哥，可我却很愿意跟我遇到的，和我一样热心的人成为朋友。

因为我依旧相信善良，相信着自己的相信。纵使活得艰难，我也相信，纵使不被理解，还是相信；纵使真的成了另类，我也不愿苟同，我还是庆幸自己是十七岁心中的那个自己。

不是不成熟，而是不忘初心。

十七岁我们看婚礼时，会被爱情感动到热泪盈眶，而二十六岁只会默默看着，听着司仪重复了无数遍，甚至都能背出的主持词，默默听着。

十七岁时我们羡慕二十六岁的爱情，而二十六岁羡慕十七岁的单纯。我常常在想，为什么我们走着走着丢掉了热泪盈眶的勇气，我们开始变得懦弱，变得太过于保护自己，不再蹦跳着走路，把头发梳到一丝不苟，变得不再那么快乐。

然后一不小心回头看，原来是我们自己弄丢了自己。

我们学会了享受孤独，便不再会试着体会他人的苦楚。我们饱尝了辛酸，便不会再轻易感动。我们变成了我，看似独立，其实却变得更加孤立无援。

我是在小初夏离开时对大初夏说，其实我一直都在，泪水哗一下子决堤的。

其实十七岁的自己，从未丢失，无论二十六岁我们变得如何，而骨子里的十七岁一直都在，在滚烫的回忆里，在我们不愿改变的那点坚持里，在我们梦想中某个款式的婚纱里，甚至在我们所有从渴望而变成遗憾的故事里……

小凉夏，谢谢你，让我找到安身立命的勇气。

十七岁的自己，谢谢你，让我成为了二十六岁如此任性肆无忌惮的自己。

二十六岁，我很幸福，因为有他和你们，还有我这个最想要的自己。

凤凰花开的路口

听到这首歌时，我在公交车上，耳机里溢满这个声音时，那句"凤凰花开的路口，有我最珍惜的朋友"，把我硬生生拖进了回忆里，然后我在想，什么是凤凰花，会不会跟我们那里浅夏那种开满树的洋槐花一样，成簇成簇的，就像青春的颜色。

再然后，就在单曲循环中，我坐过了站。

去年，我在朋友圈，看到她发出在韩国的照片，那身白色大衣韩范儿十足，脸上是精致的妆容。我在下面留言，哇，去韩国啦？

许久，没收到回复。我想，可能她忙吧，顾不上。

夏天的时候，我看到她拍下的东方明珠，她说站在这里，突然很想家。

我忍不住给她发微信，我说，在吗？是不是一个人在外，遇到什么事儿了，她仍旧一句话没有。

我说服自己，可能是她手机没电了吧。

前些天，她生日，七月二十，我记得特别清楚，我给她留言，生日

158

快乐，她依旧一句话没有。

这次我想，大概她已经把我忘了吧。

前年，同学聚会，她去了一会儿就赶着离开，她说回上海的车票特不好买，经常买不到座位。其实我千方百计，想要告诉她的是，那次聚会后，我就打听了好多人，终于打听到哥哥的同学就在那辆车上当乘务员，以后即使买不到票，也不会让她穿着高跟鞋站一路。

我把这件事儿告诉身边的一个朋友，我说完，她沉默。

然后说，这没什么，人走着走着有了新的朋友圈儿，然后原来的就渐渐远了很多，再者，现在从上海回来，动车，高铁，飞机，或许她不再需要坐火车了。

我瞬间顿悟，是呀，再不是小时候一起牵着手上学的我们了。再不是我们昂头看着满树的洋槐花，感叹它甜甜香味的时候了。

前几天，一个小伙伴儿微信上发给我一句话，她说姑娘，我知道你特别喜欢小丸子，九月底到十一月，有个小丸子展在武汉，你若来了，打这个电话，我去接你。

我回复，真的谢谢，不过我可能不会去。

我有一个陪我欢笑，陪我哭的闺密，每次我工作上有什么不开心，生活上的小挫折都会跟他聊聊，因为离得近，老公不在身边，就连我去婚纱店取婚纱照，都是他背着穿过长长的大街，帮我送回家，我看着他扛着婚纱照，小心翼翼的样子，挺感动的。

没错，他就像花轮陪着小丸子一样，一直陪着我。我也常常笑着跟别人说，这是我的男闺密，就像赵薇和黄晓明，谢娜和何炅一样，与爱情无关，很像亲情但却也不一样的情感，人们说这是最珍贵的第四类情感。

我常对自己说，自己多幸运，在拥有爱情，亲情，友情的同时，还拥有这世间最珍贵的第四类情感。

他的出现给了我很大鼓励，我写字不管好不好，他都会说好。当后台出现不一样的声音时，他告诉我，经得起多大赞美，就要经得起多大的诋毁。

我常说他很幼稚，有那么大的年龄却不成熟，他说成熟的一面是留给陌生人的，而最幼稚的一面，留给亲人。

他说等我结婚了，他的任务就完成了，有人好好照顾我，他也就放心了。

我听着然后转移话题，我说你看我身上这件裙子怎么样。他笑，好看，不过我女朋友穿更好看。

是的，说这句话时，我正在帮他为她女朋友试衣服，那是件牛仔裙子，很清秀很耐看，很适合他女朋友。

这也是之所以我会跟他成为闺密的另外一个原因，他是个善良的男人，他对她女友的好，让我觉得多一个重情义的朋友也不错。

其实我知道他总有一天会消失，就像每次出现在我身边，而后走远的朋友一样，相遇后分离。

我跟我老公说起时，他说，这些情感随着时光都会渐渐变淡，直到消失不见，你要学会适应。

我点头。

我看着桌上这一整个小丸子礼盒，小丸子各种可爱的表情像在给我讲一个个故事，故事或长或短，或开心或悲伤，又或者根本就不是故事。

在经历过无数次离别后，我好像已经渐渐麻木，甚至觉得一个人走在街上的感觉，才最踏实。

只是我一直都没来得及跟他认真说一句谢谢，那就在这里说吧，谢谢你花轮，带给我的那些感动，在我最难过的时候，告诉我只要坚持就有希望，让我看到最自信的自己。

昨天，远在鹤壁的蛋蛋打来电话，她说有两个好消息跟我分享，第一她可能有小蛋蛋了，第二她家的饭店开张了。

我将嘴里的糖醋排骨使劲儿咽下去，开始嘱咐，千万不要搬桌子了，不要熬夜，不要穿高跟鞋，此刻起把自己当国宝。

她说等会儿，先别开始啰唆，有个忙你得帮，饭店要搞促销，你得帮我录段音发过来。

我说，那是不是录完，你们家吃菜送啤酒前要先扫一扫"第二人生"的二维码。

她爆笑着说，这个可以有。

她说，你不是专业的录音师，但我听到你的声音，踏实。

她是我曾写过的"四朵金花"里的一个，曾跟我在这个城市相依为命，我穿过整个河南，去给她当伴娘。

婚礼上我接过她的手捧花，使劲儿拥抱她，在她耳畔悄声说，一定要幸福。

毫无关联的三个故事，遇到的三个人，他们都曾认真了解过我的忧伤，告诉我要坚强，告诉我青春本就是一场半带伤感的旅程，但我不孤单，因为霓虹下有他们相依为命。

于是，直到今天，无论结局如何，无论是时光冲淡了所有的情感，还是一边回忆那些眷恋，却终还是伸开手掌，任其逝去。都变得不重要了。

重要的是，他们曾出现在我的生命里，用自己最真挚的情感温暖过我，我记得的唯有那些开怀大笑的幸福，那点滴感动就像一颗颗闪亮的星，告诉我一路向前，善良是最好的指路灯。

我也只想说，我没有太大的愿望，也没有太大的能力，只能用我特殊的方式，用字记下这些故事，写给你们。

愿你们，一切安好。我的朋友。

第五辑　让春暖叫醒花开

春暖花开是季节的愿景，是对人生最美的祝福。而我们一路向前，无论脚步和灵魂是否一致，也不管斜风冷雨怎样冲刷，相信我，只要心底还有善良和爱，只要还有努力盛开的勇气，待到那刻，春暖自会跑来叫醒你。

到那时，你会明白，怒放的不是花，而是梦想和生命。

幸福有多远

　　窗外下雨了，闷热了一天的城市，在临近黄昏的时候，被初夏的雨洗刷的异常清新，这场意外的雨带给城市的，就如今天的遇见带给自己的感动一模一样。

　　小姑娘穿上便装看起来甚至不到 20 岁，普通话声音很低，言语之间显得特别生涩，白色无袖蕾丝上衣把她衬得越发娇小，让我突然有种特别想保护她的感觉。

　　她抬头怯怯地看着我问："姐，该怎么办？"

　　我笑："我带你去办住院手续"。

　　她说，大学毕业就参加了直招士官，没来得及好好看看玩玩。她说很羡慕我，看起来这么小，就有这么久的工作经历。我笑着说，如果可以，我愿意用我自己现在的一切，换你身上的那身衣服。她疑惑，我说，是你那身绿色的衣服。

　　医院长廊的椅子上，我让她坐下，她乖乖往下坐的样子，让我有些心疼，同一个年龄，她不懂微信，丢下了QQ，言语间只是那句，早上一个 3000 米，下午一个 3000 米，然后腿的半月板损伤了，晚上疼的睡不着觉。

我笑着说："没事儿，住院让医生好好治治，好好做理疗，一定会好的。"

"那我住院期间，是不是个人时间就很多了？"她突然问我。

"嗯，会稍微好一点，但肯定不能出医院，依旧要按时就餐、熄灯和睡觉。"我看着她说。

"姐，若有机会，要是有看不起病的小孩儿，你可以告诉我吗？我想资助她们。"她话里的坚定，让我诧异。

"你有钱吗？"我疑惑地问她。

"有啊，我每个月 2000 多元呢。"说着她的表情里满是骄傲，刚才耷拉着脑袋的那股子丧气劲儿再也找不见。

我被感动了，面前这个看起来瘦弱单薄，连给自己看病都拿不定主意的女孩儿，一提起帮助别人就两眼放光，纯净眸子里的真诚，彻底打动了我。

有人说我很容易被感动，单纯的心境只能是个孩子，但你不知道，当真正看到她们经历了那么多，吃了那么多苦之后，心底还始终保持着那份善良，真的难能可贵。

本来办公室还有一大推事儿等着我，但我还是决定陪她办完手续。她推脱着说不用，我看着她因疼痛不敢用力，踮起走路的左腿，拿过她手里的入院单，笑着说："走吧。"

她说："谢谢姐，你知道吗，这是我从小到大第一次住院。"说这句话的时候，刚好走出医院门诊的门。我回头，可能是下午的阳光有些刺眼，我看到她的眼睛里闪着些什么。我不再回头，只是拉着她往前走。

一大圈后，办完各种手续送她回病房时，她问我："姐，你真的很喜欢军人吗？"

"是呀，很喜欢呀，可我估计跑不完 3000 米。"我笑着说。

"你能！刚开始我连 800 米都跑不完。"她看着我说。

"那后来呢？"我问。

"当你看到别人都能跑过的时候，你就会想为什么别人能，自己就不能，就会努力，使劲儿跑、再使劲儿跑，然后就能跑过了！"她说这句话的时候，脸上有着说不出的神情，只是看着窗外，那种感觉很遥远，但却如此真实。

从病房出来，我摸了摸吃痛的右腿，腿上的膏药有的地方已经掀起，我没有告诉她自己的膝盖跟她一样，每走一步都很疼，也没有告诉她，其实我比她还小一岁。

因为我想，我能为喜欢的她们做的本就不多。但哪怕是一个下午，我能陪着她，就尽力陪着她，不仅仅为她，更为她身上的善良和不服输。

幸福有多远，对我来说，就是从心尖到笔尖的距离，就是自己与那些绿色之间的距离，就是千方百计每天抽出时间更新"第二人生"，记录这些故事的距离，这是我的追求，亦是我认为最幸福的事儿。

其实，人生就如她说的一样，不断努力、不断向前，为的就是别人做到的，自己也能做到；为的就是能用自己的力量给别人一些帮助；为的就是用自己的青春去追一件认为是梦想的事儿。未来虽然很遥远，但脚步和心定会让梦实现。

窗外雨停了。更新完文字我还要去办公室加班，有人问我为什么不知疲倦，因为我知道我的幸福还有多远。

因为我知道，脚步有多远，幸福就有多远。

善良是件小事

今天在朋友圈看到这样一段文字，说的是一位老大爷在路边等大巴车，司机特意停下本就晚点的车，售票员问老大爷带钱了吗？朋友本认为，或许下句就会露出跟很多人一样鄙视的目光。

谁料想，听到老大爷说，带的钱不多时，她非但没有嫌弃，而是笑着将老大爷带的铺盖放好，把老大爷安顿在座位上说："不管你带了多少钱，你都留着自己花，你去哪儿我们送你到哪儿。"

朋友坐在车上，看着司机和售票员大姐将老大爷送到目的地，心生感慨。他说，在如今物欲横流的今天，一点点真情就可以给人很多鼓励，建议大家都从铁壳子里钻出来接接地气，别让自己的心越来越坚硬。

故事很简单，却让人动容。看过，我毫不犹豫点了赞。

前段日子去考护师的路上，马路旁看到一位聋哑卖瓜的老人，那时候西瓜还不是季节，贵不说，确实还不太好吃。我跟同行的姑娘说，回来买个西瓜吧，她看我的眼神，明了地笑了笑说行。

回来的时候，我毫不犹豫走了过去，没问价钱，只是笑着指着一个不小的西瓜，那个老人把瓜放在秤上的时候，我拿出手机拍了张照片。

其实大家都应该明白，我的照片绝对没有嘲笑的意思，只是想卖瓜老人的瓜车就在医院旁边，呼吁大家都来买瓜。

谁料，他却因为误会我嘲笑他，对着我吱吱呀呀指着，大发脾气。

我将西瓜放在地上比画着解释，可他听不懂，从他脸上我看到了无比愤怒的感觉。

抱着西瓜离开，一路上我都在想，自己被误会了不打紧，可那时候天已经热了，他一个人若是生闷气，生出病来该多不好。再者，他一个人不会说话，在城市卖瓜什么样的人都会遇到，肯定已经受了很多委屈，若是再因为我的原因让他感到心寒，那我真的会内疚一辈子。

原本可以在下午考试的路上跟他解释的，可我怕自己错过了，以后想起来心里会难受。

我猛然想起，他瓜车的纸板上写着瓜价，我想他肯定认得字，于是跑回家，拿出纸笔在白纸上写下道歉和解释的话，为了维护他的自尊心，我告诉他，拍照只是为了让大家都知道他是自家种的西瓜，比一般超市卖的都甜，楼上人都在找这种西瓜。

当我一口儿气儿跑回到瓜车旁，他先是有些疑惑，而当低头看完我写给他的信和画的图后，抬头的瞬间，我看到他眼眶里泛着泪花。

他抿着嘴不让眼泪掉下来，将右手的大拇指高高竖起。我对他笑了笑，做了个擦泪的动作，跑着离开。

我的眼泪在转身后瞬间汹涌而出，说不出的感觉，像是误会被解开后的释放，心间涌动更多的是感动，我又做了一件旁人无法理解，但却被自己感动的事儿。

爸爸常常对我说，善良是件小事儿。我也常看到他给儿子不孝顺的邻居奶奶衣物和钱，每次回老家他都会去她家里，问问缺不缺什么，有什么需要帮忙的。

爸爸每周一开车上班，总会绕一个县城带上同去开会的同事，从家到单位，几十公里山路，他这个习惯坚持了八年。当妈妈问他为什么，他说，要相信帮别人就是帮自己，善良这件事儿会轮转。

真的，我无论在哪个城市、坐哪趟车，即使误了车，也会有更好的转机，甚至有很多次出门就能碰到开车带我回家的人，幸运的路上，我也一直坚守爸爸教会我的善良。

我会帮别人带小孩儿，帮忙拿东西，尊重每一个服务员和保安，因为我知道，他们生活的不容易，他们需要并且本该得到应有的尊重，而简单的一个眼神，有可能传递的就是爱的力量。

有人说，那些为可怜的人流眼泪，或者帮助他们的人，看起来很不适合这样的社会。面对这样的质疑，就如我对卖瓜老人的解释一样，很多人看起来没有任何必要。

但我就是我，我愿意用自己的手去帮助一个人，用一件小事来传递善良，虽然力量很小，但我在努力，我在做，这就足够我为自己骄傲。

后来偶有一次跟朋友提及这件事情，朋友说去年这时候老人也在这里卖瓜，半夜遇到几个醉汉不仅把他卖瓜的钱抢了，还把他的头打破了。听了心里酸酸的，却更加坚定自己的做法，无论再怎样不被人理解，但自己认为这样做就是对的。

相信我，善良会传播、会传递，善良会给你的生活带来很多幸运和惊喜。保持这颗心，干净纯洁，尽全力对待身边每个遇到的人，将善良这件小事做好，你会相信，天更蓝，你更美，生活更绚烂，人生更有价值！

有段孤独，是该你用心品尝的时光

上卫校时，我头发都梳不好，不是不会梳，而是梳不整齐，那时我最怕的事儿，就是一个人去食堂打饭，一个人逛街，一个人从宿舍走到教室，哪怕宿舍距离教室只有几百米。

于是，我找到一个搭档，不，是一个玩伴儿。那时找玩伴不像现在，懂你是基础，就是因为她用下铺换了我的上铺，我再不用吃力地每天爬上铺，她成了我的恩人。

我们一起去食堂吃饭，一起逛学校门口的夜市摊，甚至翻墙去吃对面那家丁老二米线。我天真地认为，这陌路他乡的遇见，便是此生注定最好的缘分，我们该成为最好的朋友，就像好多小说里写的那样，不分彼此的闺密。

可就在那个漆黑的傍晚，学校的篮球场边的双杠旁，她严肃地跟我说，以后不让我像尾巴一样跟着她，她要跟另一个女孩儿成为好朋友。

我吃惊地看着她，她白白的脸上透着无比坚定的神情，我疑惑地问她，为什么。

她说，那个女孩儿给她买了新衣服，那女孩儿的男朋友会请她吃饭，而我什么都没有给过她。那瞬间我突然明白，自以为倾尽所有给她的友情，在她眼里其实一文不值。

狗血的剧情，多年后想来，有些男女朋友分手的感觉，这桥段让我自始至终都想不明白，三个人的友谊，为何自己会被淘汰。

我低头说好，然后大步离开。虽然年龄小，但容不得别人抛弃和背叛的性格与生俱来。

我开始试着一个人去食堂，虽然很多次因为瘦小的缘故，差点被别人推倒，我一个人去逛夜市，拿不定主意的东西，就只看不买，渐渐我学会了一个人生活，偌大的城市，我从学校在的城市最西头，一个人步行走到最东头的舅妈家。

现在都忘记了是为了省下那时看似很多的一块钱公交钱，还是真正为了让自己学会认路，学会在这个陌生的城市，能在没人陪伴的情况下，好好长大。只记得，到了舅妈家，脱下鞋子，袜子破了，我哭了。

那是我经历过第一段难忘的孤独，那年我才不到 15 岁。

七年了，我曾在这座城市的秋天里，大声放肆地蹲在路边哭，因为没有地方住，也曾在夏天的深夜，躲在凉亭里被蚊子叮得满腿是包，我也在落雪的冬天，昂头看着天空发呆，可等到了来年春天，我还是会安慰自己，春天来了，孤独就会越走越远。

前些日子，有个姑娘跟我说，特想让我写一篇文给她同宿舍的姑娘，她说那姑娘喜欢一个男孩儿，喜欢到了痴迷的境界，该送的礼物都送了，大老远跑到他的城市，只为远远看他一眼，他的只字片语是她全部的喜怒哀乐。

我不解，于是问她，我想问，我该写一篇劝女孩儿放手的文章，还是支持鼓励她继续这般下去？

女孩儿沉默一会说，大家都看得出来，那个男孩不接受也不拒绝，明摆着不喜欢她。我回答，我明白了，我知道该怎样写了。

于是，今天我很想告诉这个姑娘，放手吧。

或许没了他的点滴充斥在你生活，你会有一段时间的孤独，你会觉得世界仿佛都变成了灰色，但请相信我，这只是暂时的颜色，因为你围着他转圈，而他丝毫不为所动的时候，你已经彻底输了，而输的代价，就是接受这段故事带给你的孤独。

我想劝你，接受不如用来享受。

沉浸在悲伤的氛围里，你的眼底全都是哀伤，其实不然，除了他，你还有生命中很多更重要的事情，你的学习，你的亲人，你的工作，以及你发自内心的幸福。

如若让哀伤一直占据你的内心，当真正幸福来临时，你接受的位置在哪里。

还有一个姑娘，我跟她并不熟，甚至连一面之缘都没有，她突然在微信上问我借钱，我奇怪地问她为什么要找我借钱，她说，她失恋了，想借钱跟朋友们一起过个生日，过完之后再重新开始。

我说，不借。

理由很简单，第一我没有钱，第二即使我有钱，也不会借给你，让你用过生日，喝醉酒，找一群不是真正懂自己的朋友，用放大痛苦的方式去排解孤独。

真正的朋友这时候，不会让你请客吃饭，她们会默默陪着你，静静看着你，不安慰，不远离。只要一声令下，她们蜂拥而至，告诉你，失去了谁，你依旧是她们的宝贝，这才是真正的友情。

你只有自己经历这段孤独，将时间这味良药发挥出应有的药效，待你回头，看到伴随春暖盛开的那些花儿，才会无比绚烂美好。

朋友背弃，恋爱失败，事业不顺利，每个阶段都有那么一段孤独的时光，那段时间里，你不想说话，不想吃饭，不相信任何人，于是，每天只能自己与自己对话。

请相信我，自己跟自己说话，也不必自哀自怜，因为只有经历这份孤独，才会更好地长大，才会在未来对自己的坚强有迹可循。

毕业离开的那天，纵使我早已知道她唯一让我感动的，给我换下铺是因为她有小洁癖，我还是发自内心的原谅她，感激她。直到现在，这刻看似我孤独地坐在屋里写下这篇文字，可我却知道自己，再也不孤独。

因为，我学会了，一个人用更多的方式去享受这段时光，我也相信，再没任何日子，比一个人享受孤独更值得回味。

我是伊兵，唯愿你能早些笑看孤独，不再沉沦。

让春暖叫醒花开

春天，很少有这般瞬间落下的雨滴，成簇的树叶被打落，刚出办公楼的我，认真走在这场雨里，悄然想，并非每滴春雨都会是记忆中的丝缕缠绵。

没有月亮的天空，被黑暗笼罩，除了路灯下看到落在街边的樱花，很难想象，白天的这里，满树繁花下盛开了多少欢乐。

爱上这条路，不是因为在院子里生活了近八年，在七八个春天里等待花开，从期待盼望，到看到花落时的小忧伤。这种充斥在心间的情怀，只是对一个季节的眷恋，而真正落入心底的，是那身迷彩。

她跟我一样喜欢迷彩，甚至说她比我的喜欢，更胜一筹。录像片里，那个就生活在我身边的军医，在镜头前朴实无华的一句话，她说："我是特招入伍的，我得有特殊贡献。"眸子里的真诚让我深深感动。

我就生活在她身边，看着她将患者和战士放在第一位，看着她微胖的身子转在病房忙碌时的身影，看着她不施粉黛，上完夜班带着两个黑眼圈却在患者面前精神抖擞的样子。

174

她的家远在四千多公里的繁华都市，当年她义无反顾来到这里时，她的女儿已经上小学，她说，没多想，就觉得不穿军装是种遗憾。

我曾试着写她的事迹，可那种太制式的东西，可能还是自己文笔不够，总觉得表达情感欠缺了些火候。所以还是想用自己的方式写下这个故事带给自己的震撼。

她说让她坚定信念来当军医的，是另外一名不知名的军医。她的眼神就像穿过了时光隧道，她说那年毕业的火车上，她晕倒的瞬间，最后定格在眼底的是那身绿色的军装，还有那句："我是军医，麻烦让让。"

这个情景，改变了她一生，不留长发的女人，或许在旁人看来少了些温柔，可我却觉得当她笑着对战士说话时，她才是这世上最美最柔情似水的女人，因为爱和善良妆点了她的样貌，而对梦想的坚定追逐让她看起来别致中带着倔强，这便是她独特的气质。

大家说，我有军旅情节，从我的迷彩围巾，迷彩上衣，迷彩帆布鞋，到我的弹壳手链都看得出，我对军人有着特殊的挚爱。

当别人不可思议看着我时，我从最开始的辩解，到后来的解释，再然后是沉默，到如今只剩下淡然一笑。我看过很多故事，也憧憬过那种像公主一样的生活，可偶尔回头，我还是愿意跟她一样，穿着灰姑娘的衣服，悄然走在这群迷彩堆里。甚至有时我会觉得，自己所有与迷彩有关的选择，都准确无误，无论是人生、工作、文字还是爱情。这点，我认为，纵使我们没有水晶鞋和华丽的舞衣，我们依旧会是王子最喜欢的公主，因为我们做的是理想中最骄傲的自己。

营区里有很多种花儿，而我最喜欢的是淡淡粉色的樱花和宛若仙子的玉兰。樱花不孤傲的美，恰似一个独立自主的女生；而洁白的玉兰，也会让我觉得，那种纯净的感觉，像一份最真实的情感，是那种一眼看穿，爱你，所以喜欢宠着你，陪你相濡以沫到老的感觉。

花开一季便会凋落，生命的怒放或许只有一瞬，而留给花儿生命中最美的记忆，是春天的微风细雨，是人们愿意用相机拍下的她们娇羞的容颜，是这个世界承认她来过，盛开过。就在今天，这也是她留给这个世界最美的记忆。

春暖花开是季节的愿景，是对人生最美的祝福。而我们一路向前，无论脚步和灵魂是否一致，也不管斜风冷雨怎样冲刷，相信我，只要心底还有善良和爱，只要还有努力盛开的勇气，待到那刻，春暖自会跑来叫醒你。

到那时，你会明白，你怒放的不是花，而是梦想和生命。

我是伊兵姑娘，我在我的城市看花儿怒放枝头，我用我的字写下这个暖暖的春天，叫醒你心底的花儿。

一道会思考的自动门

　　我是一道自动门，一道安装在一家部队医院机关办公楼门口会思考的自动门，这句很长的自我介绍，就像我的生活乃至我的生命一样，有着数不尽的无奈。

　　先前我不在这里，我在一家工厂里出生，那里有一个嗓门很高很大的女人，她的头发就像泡好的方便面一样满头都是卷卷，她经常大声吆喝他的男人，特别是当男人喝醉酒时，她大声喊着："当初不让你开这个厂，怎么说你都不听，现在这门怎么卖！卖不了你都给吃了！喝喝喝，总有一天喝死你！"男人一声不吭走进屋，任凭女人如何怒骂。

　　这时我总是很愤怒，因为她的骂声真的吵到我休息了，我睁大眼睛瞪着女人，跟我的同伴一起谴责这个不知礼数的女人，但是女人听不懂，她依旧不停地唠叨、不住嘴地谩骂。从那时起，我就有一个梦想，有一天我能够离开这个工厂，再也不用听女人尖尖的声音。

　　终有一天，一个穿着黑色夹克的男人来到工厂，对正在打游戏的女人说要批发一批高中档的自动门，女人已经有褶子的脸笑成了"菊花"，她一边用高嗓门介绍着我身边的同伴，一边用目光打量着穿夹克的男人。我知道我的机会来了，我努力挺直了胸膛，好让透过窗户的日光照在我的身上，让夹克男人注意到我，然后让他带我离开这个像"梅超风"一样的女人。

　　终于，在环顾了一打圈后，夹克男人看到了我，他对女人说了些什么，只见女人赶忙点着头，一边赔着笑，一边指挥那几个伙计把我同身边的伙伴搬上了车。那一刻，我都听到了自己窃喜的声音，我的愿望终于实现了，我将要离开这个让我有些"厌恶"的人了，有种晕乎乎兴奋的感觉。

　　一路颠簸，车子停下来的时候，是一个高楼耸立的都市，那个夹克老板对手下的伙计说："好，到了，往下搬吧，小心着点。"我们来不及欢呼雀跃，就被搬进了一间门面房子里，我很幸运，被放在离门口最近的地方，我可以看对面街上的车、人、看大家急匆匆的脚步和那栋高高的大楼。自认为我比同时来的那个伙伴是幸运的，但直到今天我才知道福祸真的是遥相呼应的。

　　然后我认识了夹克男人的一家人，他的老婆是个温柔的女子，每天都会在门后的厨房里做好多好吃的给男人，她们还有一个很可爱的女儿叫小薄荷，小薄荷跟她的妈妈一样漂亮，一样可爱，我很喜欢这个每天蹦蹦跳跳的女孩，当然是在她不用那胖乎乎的小手抠着卡卡身上的粉色小花的时候。

　　卡卡是我来到这家店遇到的另外一道门，卡卡很漂亮，身上穿着印着淡粉色小花的连衣裙，比起我们的"魁梧"身姿，她显得娇小可爱，粉嫩的脸上露着甜美的笑。我知道我的同伴也喜欢卡卡，因为每次那个小女孩用小手抠着卡卡身上的小花时，他们的目光和我一样充满着疼惜和紧张，我知道卡卡是我们心中共同的"公主"。

　　只是我更幸运一点，因为卡卡就在我的右手边，但由于我的身躯挡住了她的视线，她看不到外面的世界，我就给她讲门外的事儿，比如斜对面修手机的那个男孩子，有着大大的眼睛，而他女朋友眼睛就很小，那对头发花白的老夫妇和往常一样，相互搀扶着走过去了，还有门口那个淘气的小孩子，又被她妈妈打哭了……我认真讲着，卡卡就仔细听着、附和着，有时还有笑，她的笑真的很好听，就像风吹风铃的声音。

去年情人节那天，我像往常一样向卡卡讲着门外的故事，一个男孩子手持玫瑰站在对道咖啡屋门口，一个长发女孩接过了那束大红色的玫瑰，那个女孩笑了，露出两个酒窝。讲到这里我回头，看着卡卡正用亮晶晶的眼睛看着我，我认真地问："卡卡，你喜欢大红色的玫瑰花吗？"卡卡点头。"那你喜欢我吗？"我继续问。卡卡低下了头，抬头的瞬间我从她眼睛里看到了惊恐。

我扭头，是那对咖啡店门口的情侣，夹克老板走了出来，他对有酒窝的女孩儿说："今天要带走吗？"

女孩扭头看着男孩笑了笑说："嗯，带她回去，我们已经攒够了钱，不好意思，打扰了这么多次，还麻烦您留了这么长时间。"

"嗯，没事儿，难得你这么喜欢她。我去张罗伙计搬，你们先坐下休息会。"夹克老板说。

女孩将手中的玫瑰花放在桌子上，向我们走来。

卡卡走了，就在情人节那天，她被张罗着搬上了车，我不仅看到她出门时眼角的泪，我还清晰地听到了她低声说的那三个字，我喜欢。其实她不说我也知道她喜欢我，因为每次小薄荷抠她身上的花时，她总是一动不动看着我。但我们注定是两道门，怎能像人一样相爱？

卡卡走了之后，店里一片沉寂，我不再讲门外的故事，只是看着车水马龙的街头想念卡卡，想她会在哪里？会不会再遇上一个可以给她讲故事的门？

后来，我来到了这里，是卡卡走后的第 26 天，一个穿军装的人带我来的，我被叮叮咣咣地敲了半天，然后安在了这栋楼的门口，我的身上被接上了电源，我成了名副其实的自动门，每天为往来的人开门、关门。

我不喜欢这样的生活，却又不得不这样，我不喜欢洗脸，但是那两位保洁阿姨每天都会给我洗很多遍，更可气的是，她们居然用擦玻璃的难闻的洗涤剂，把我脸上唯一一个男性标志的"胡须"都清理得干干净净，虽然我很生气，但是在我咆哮了无数遍"不要擦"，而她们依然听不懂的时候，我只得无奈地接受，任凭她们的抹布在我身上来来回回擦着，一遍又一遍。

还有，我不喜欢开门、关门这种反复重复没有丝毫技术含量的工作，但是我却不得不这样做着，并且要反应很灵敏，当人们距离我三步的时候，我就得赶忙开门。记得那次半夜里我实在困得不得了，当他们下楼时，我迟疑了两秒，谁料想第二天，我的肚子就被再次被拆开了，在里面整整捋了一天的线头，自此，我再也不敢发困，不敢有一丝迟疑，渐渐地，我仿佛真的变成了一道没有思想的、麻木的、只懂得开门关门的自动门……

只有我知道，我依旧有思维、会思考，我会望着门外的雪发呆，闲下来时，我会看着对面总值班室里穿着军装的那些军人，看着他们绿色的军装和严肃的表情偷偷笑，有时甚至是很大声地笑，反正他们又听不懂。我会想念、会期盼。我会想念卡卡，在很深很安静的夜里，想念她的眉眼和粉嘟嘟的脸，甚至是她粉色连衣裙上的小花。

我也有不喜欢的，比如办公楼里那个有着大大眼睛的姑娘，因为她每次都跑得很快，有时候我甚至来不及开门，她就冲了过来，有一次还因跑得太快竟用脚踢到了我的门腿上，我终于忍不住大声对她说："你这小丫头没一丁点淑女形象！"她似乎听懂了，扭着头对我歉意地笑了笑，那一刻我虽然生气，但却也不讨厌这个齐刘海姑娘。

我开始留意她，她早上七点二十准时站在考勤机前，用右手扒拉开刘海考勤，她会在晚饭后过来，直到九点半离开，她也会大声地笑，但是声音没有卡卡的好听……还有，我看得见她每晚走出楼的那一刻，脸上瞬间消失的笑和落寞的神情，我知道她跟我一样无奈，突然有些许的心疼。

这两天不知道这个小丫头在琢磨些什么，每天都会认真地看着我，仔细看我感应到人会发出淡蓝色光的感应器，有时候还会对我说话，那天晚上飘着雪花，她走出楼后又回来看着我说："你冷吗？""肯定很冷。"自言自语地回答，让一同出办公楼的"一毛二"惊奇地问她是不是发烧了。她哈哈一笑跑着离开了。

这就是我无奈但是依旧要继续的生活，天依旧冷得出奇，今天早上我又洗了两遍脸，开了三十二次门，对面值班室里依旧坐着满脸严肃的军人，只有一点不同的是，那小姑娘就站在我旁边数着我开门的次数，一、二、三……

我不知道她要干吗，只是看着她认真地数着，眼神中是少有的仔细，偶尔会跺两下脚，把双手放在嘴边吹着气，面对别人的诧异只是微微笑，咧着大大的嘴巴。

看着她粉色的羽绒服，我想起了卡卡，卡卡，你还好吗？此时的你，有没有在想我？

一条会思考的狗

我是一条会思考的狗，我叫小黄，不是因为我身上长满了黄色的毛，而是我的班长也姓黄。

我原本叫旺财，是我第一个主人给我取得名字，主人是个老头，已经掉得没几根的头发，稀疏地贴在头上，他除了我再没有其他家人，所以他非常喜欢我，每天都为我梳理身上的毛，我们每天在一起吃饭，每次他在碗里吃到肉肉时，总是用筷子夹起来舌头舔舔，然后放在我的盘子里，对我说："旺财快点吃，吃了长大个儿。"我没辜负他的期望，很快长成了一条"威武"的狗。

我最喜欢趴在他脚下陪他一起在院子里晒太阳，我用脸磨蹭他那已经破了边的裤腿，跟他撒娇。我不知道他为什么每天都穿着那身已经很旧了的衣服，说实话我不喜欢，因为脑袋蹭上去，总有一种硬硬的感觉。

主人最喜欢我陪着他在院子外的池塘边散步，每次我都调皮地跑在他的前面，他吃力的边喊边追，夕阳斜着洒在他半个身子上，他跛着的右脚越发的明显，他边蹒跚地跑着，边呼唤着："旺财，旺财，跑慢点。"

他的牙掉了好多，以至于他喊的时候，嘴里跑着风，听着都不太清楚了。

那天阳光很好，我像往常一样趴在他的脚边晒太阳，他用手婆娑着我，讲着那重复了很多遍的故事，他说，他戴着红花当了兵，他说是那个大石头救了他的命，他说他的腿……我一点都不喜欢听他说的这些事儿，我只想着隔壁家的哈利，那是我青梅竹马的玩伴，她长得很漂亮，周身都是白色的毛，就像"白雪公主"一样，我很喜欢她，不知道什么时候她才能嫁给我。

就在这时门开了，一群陌生人走了进来，接着他们一个个和主人握手，我大声地喊叫，被主人挥手制止。我仔细看，他们都穿着那种和主人穿得差不多的那种衣服。

我听到有人说："老首长，身体可好呀？"

"嗯，好好，有旺财陪着我，好着呢。"主人笑了，那脸上的皱纹紧紧皱在一起，让我有些心疼了。

后来，我不知道他们说了些什么，我只听见主人说："让旺财去吧，放心，它是条好狗。"

"首长，这能行吗？旺财得陪着您呀。"那个头发很黑，眼睛很小的人说。

"放心吧，我什么没遇见过，现在我上不了战场了，就让它去，它能行的。"说完主人看着我。我仔细看主人已经有些浑浊的眼睛里明明在闪烁着什么。

然后我得到了两根最爱吃的金锣王香肠，主人把我抱起，我胖胖的身子让他有些吃力，他对我说："旺财，你记住，这种颜色叫绿色，他们都是你的亲人，以后只要见到，你就不许叫，不许咬，听他们的话。"然后把我交给了他左手边的人，后来我才知道这个人就是我的班长，他姓黄。

主人转身离开了，步履蹒跚，一边走一边用右手往脸上抹着什么，我大声地喊叫，一声一声地喊着他，但他始终没有回头。我就这样被他们抱着上了一辆大车，我听得懂主人的话，即使我再怎样喊叫，我都没有咬他们。

车走到邻居家门口时，我看到了哈利，她眨巴着眼睛看着我。我狂吠，用狗语告诉她我爱她，让她在我不在的时候，去看看我的主人，她点头，就在车后追着跑，车没有停下来，再后来哈利的身影越来越小，消失不见。

我扭过头看着车里陌生的人，我累了，我有些害怕地低声抽泣了几声，闭上了嘴巴和眼睛，然后我睡着了。

当我睁开眼睛时，我已经在一个笼子里了，身上还盖着和他们衣服一样颜色的被子，我仔细想了想，是绿色，我得记住，主人说过，这种颜色的不能咬。可我不喜欢这种硬硬的感觉，我睁开混沌的眼睛，用脚和牙齿用力把被子拖到一边，天上已经有了星星，笼子里有我喜欢的香肠和腊肉，我用鼻子嗅了嗅但没有吃，我吃不下，我想家，想主人，想哈利。然后我哭了，泪顺着眼角往下落，我不敢大声喊叫，就那样低声啜泣着。

我还是惊动了他，就是今天抱着我的人，他轻轻摸了摸我的头说："我姓黄，今后就是你的班长了，你就跟我姓叫小黄吧。"我睁大眼睛看着他。

见我没吭声，就说："乖小黄，想家了吧，我还知道你的小秘密，那白色的哈巴狗可是追着车跑了好久呢。"他在笑着跟我说话。可我听了他的话就更想哭了，我低下头不吱声。

"好了，赶紧吃东西吧，小黄，你我一样，都离开了家，这样，以后我们就是兄弟了，我是你的哥哥了。"他真诚的眸子里透着温柔的光，我止不住低吟了一声。

"同意啦，我就知道你不是一般的狗，虽然不是名贵的品种，但是我知道你懂我说的话。小黄，只要有一丁点的可能，我都不会让你去的，我就把你送回去，让你回家。"他坚定地说。

黄班长真的对我很好，他像主人一样喜欢我，给我挠痒痒，喂我好吃的东西，还跟我聊天儿，讲他娘和他家院里的酸枣树，他从小一起长大的铁蛋和二丫，他说他喜欢二丫，他总有一天会回去娶她，这让我想起了我的哈利。

我终究没有回家，即使有天夜里黄班长偷偷打开了我的笼子，我也没有走，我不知道是不晓得回家的路，还是舍不得他。

然后我被带上了一辆卡车，在车上黄班长没有摸我一下，任凭我怎样婆娑他的裤腿，他都没有看我，他的脸别过窗外，我听见他一遍遍在重复着说："你个傻小黄，你个大笨狗。"

我被带到一个很荒凉的地方，下了车，他们搭了个奇怪的东西，很大，有点像房子，他们把我也拉了进去。我看见大家都在忙碌着，他们铺了好大的一张桌子，上面有各种各样的刀子、剪子，我就在旁边安静地看着这一切，我不懂这是要干什么，我也不想懂，我用眼睛寻找着黄班长，但是屋里没有他。

又过了一会，有人说可以开始了，我看到他们都脱下了上衣，穿上一个奇怪的大衣服，那衣服的颜色很亮，我仔细一看，不是主人和黄班长衣服的那种绿色，我开始狂吠，不停地大声喊着，喊着……

就在这时，黄班长冲了进来，他大喊着把我抢了出去，我听见他跟人在争执，边喊边说："不要，不要拿小黄做实验，它也是命呀！"然后他哭了，湿热的泪顺着他的脸落在我的头上，我喊着告诉他："不要哭，不要哭，主人说了男人流血都不能流泪！"

最终，我被五六个人摁在了那张桌子上，我看着一个很尖的东西扎在我的身上，然后我沉沉睡去。我做了一个很长很长的梦，梦到我回家了，我终于娶到了哈利，我不再讨厌主人那身硬硬的衣服，我和哈利都陪着主人在湖边散步，主人又老了很多，他走不动了，还得要拿着根拐杖才能艰难地向前踱步，我不再调皮地跑得很快了，而是和哈利一起慢慢地陪着他，陪着他就那样一直走，一直走，夕阳把我们的影子拖得很长很长……

我在梦中还听到有人在不停地喊我，不是喊我旺财而是小黄，我突然想起是黄班长，可任凭我怎么努力都睁不开眼，也发不出任何声音，我觉得我的身体在慢慢变冷，变硬。有热热的东西在滴在我身上，一滴一滴，然后是咆哮和哭喊的声音，再然后声音消失了。

我使劲儿再使劲儿，终于睁开了眼睛，我看着那辆载着我来的车开走了，我想追，但我全身都使不上力气，我发现肚子上有着一道长长的口子，很疼很疼，但是没有流血，上面有黑色的线，就像哈利的主人，那个老奶奶，用来缝衣服的那种黑色的线。

来不及犹豫，我一步一步忍着剧烈的疼痛追着那辆车跑，边跑边用全部的力量喊着，叫着，车刚起步，跑得还不是很快，我努力叫啊喊啊，我不知道什么叫试验，我也不知道我的肚子上，为什么有这么一条缝好的大口子，我只知道我要追上那辆车，要让黄班长带我回家……

终究车还是走远了，我跌倒在地上，大口喘着粗气，那一刻我知道，自己快要死了，就像妈妈离开我的时候一样，眼里的光快没有了，我已经快要看不到东西了，我的灵魂快要飘起来了。

突然我觉得有什么抱住了我，我用最后一丝力气睁开眼，模糊中我仿佛看到了黄班长，我想这一定是梦，是临死前的梦，我呜咽一声沉沉地睡去。

再后来，我真地醒来了，还是在那个笼子里，旁边是已经睡得很熟的黄班长，月亮还是那么弯那么亮，我用手摸了摸肚子上丑陋的口子，我知道我没有死。我仔细看黄班长，他有着好看的眉毛和眼睛，他的下巴和嘴有点像我的主人，只是主人比他老很多，也没有他英俊，我用头隔着笼子蹭他的手。

他惊醒，惊喜地看着我说："小黄，你醒啦！"然后打开笼子把我抱在怀里，他说："小黄，我就知道你不会死，我就知道你会陪着我，还好我回去看了看，不说了，快吃东西吧……"

第二天早上，有很多穿那种颜色衣服的人来看我，给我带来了很多好吃的，还给我端端正正敬了个军礼。那一刻，我看到黄班长在偷偷地笑，眉眼间有着主人的神情。再后来，我成了连队里最有福气的狗，虽然我不是军犬，我已经没有了威武的身躯，甚至走路都有点吃力，但我有着特定的狗粮，有特定的人陪着我出去溜达，大家都会亲切地喊我："小黄，小黄。"

一直到六年后的今天，今晚的月亮和我来的那天一样，弯弯亮亮的。天太冷了，我蜷缩在窝里一动不动，我看到一个姑娘在我的窝前来回走动，我对她并不陌生，她的眼睛大大的，嘴巴大大的，她只偶尔地穿过一两次和黄班长一样的衣裳，但是我看到她也从来没有大声地喊叫过，不是因为她喂我香肠，而是我知道她不是坏人，我也知道她跟那些人是很好的朋友。

但是我不喜欢她喊我"大黄"，即使她告诉我，喊我大黄有种威武的感觉，不是说我老，可我就是不喜欢。我低下头装作睡着了，任凭她怎么喊我，我都装作没听见。然后我从眯着的缝里偷看到，她的嘴唇噘得高高的，嘟囔着说："什么嘛，睡着了，怎么拍？"

"小伊，来看小黄呀，呦，还带了相机？"一个姓李的班长对她说。

"嗯，我听说小黄的故事了，我要给它写篇文章。"

"呦，是嘛？需要素材吗？我给你讲讲？"

"哥哥哥哥，快讲讲。"她从包里拿出了纸和笔，昂头看着李班长。

"其实，小黄挺可怜的，所以我们现在对他很好……"李班长开始讲我的故事。

我没有心思听他们说话，我看着月亮被丝丝缕缕云彩遮住，我在想，离开了我两年的黄班长，会不会也在家乡娶了那个叫二丫的姑娘，他们会不会在酸枣树下看着同一轮月亮？我再也没有见过面的主人，会不会还喜欢在院子里晒太阳？还有我最爱的哈利，她最终嫁给了谁，会不会偶尔的时候想起我，想起青梅竹马的我？

　　夜很凉，我缩了缩脖子，闭上了眼睛……

总有一条蜿蜒在童话里的河

春光正浓。每天早晨路过我上班必须经过的小树林时，落在身上的点点晨光，伴着翠绿的树枝，总会让我想到这四个字。

穿过小树林，需要一分半，我会早一点点下楼，再腾出一分钟驻足在树林的转弯处，停下电车，听一听鸟儿的声音，闭上眼睛闻一闻清晨的树枝和青草呼出特有的鲜味儿。

然后，再继续把电车的油门拧到底，往前冲。

我想，大抵这世间，每个人都挣扎在自己的世界里。有不得不为的事儿，不得不说的话，甚至是不得不喝的酒。

但也会常常在一个人的时候，给自己一两秒钟清静的时光，慢下来，让灵魂跟上脚步。

毕竟，无论生活再匆忙，也真的有童话。

突然很想讲讲去年这个时候的我。

去年的这个时候，我在医院的病床上躺着。每天输液，两只胳膊一起连续输，一输就是两天两夜，有种叫硫酸镁的药，输进体内的感觉一

189

场酸爽。

怎么形容呢，吃过烧烤吧，见过烤串儿放在烧烤炉子上的样子吧，就是这种感觉，烧，浑身发烧。坐过过山车吧，过山车走到下面时，心脏会猛地揪着，然后浑身吓得发抖，就是这种感觉，脉加速、心跳加速。外加，每滴进体内一滴，针眼儿就钻心疼。

够酸爽吧。

去年，我从 3 月 23 号入院，5 月 10 号出院，中间基本隔几天就输这种药，一输就是两天两夜。

因为一口水都喝不进去，也只能靠输液维持营养，所以，我通常左手扎着普通液体，右手扎着硫酸镁。再后来，手扎满了针眼儿，换成了左胳膊和右胳膊。

妈为了不给我造成压力，经常背着我哭。医生为了不给我压力，查房时经常安慰我，即使在我血压低到测不出来，围满一病房医生关切看着我时，还只是一遍遍问我头晕不。

我经常问护士，外面什么天了，是不是可以穿衬衣了，是不是可以穿裙子了，外面的桃花是不是谢了，樱花也谢了，荷花什么时候能开。

因为，我妈说了，荷花开了，我就好了，我就能下床了，我就能回家了。

去年这个时候，正在军改，老公不仅回不来，还越改越远。妈妈因为照顾我睡陪护床，腰椎间盘突出了，我就一个人躺在医院床上点外卖，跟外卖小哥商量，我说哥哥，抱歉，我不能下床，麻烦你送上楼好吗。

每周复查一次彩超，彩超显示的结果，让彩超室的姐姐们都跟着一遍遍揪心，每到复查这天，我的医生、彩超室的姐姐们都会推着轮椅陪着我，彩超探头走一点儿，大家都对着屏幕屏气凝神，大气儿都不敢出。

昨晚，我妈抱着言之说，现在再累再苦都比去年强，去年这个时候，真的不敢想，怎么熬过来的。

是怎么熬过来的，我似乎也不知道了，可能时间真能淡忘很多，所有的伤痛到最后，真的都变成了只属于自己的勋章。

我只是，看到今年小城桃花开了，紫藤花开了，牡丹和海棠花也开了，我还看到树叶一点一点长大了。

我的言之在怀里对着我笑，我欣喜若狂。

所有的一切都是值得的。那些痛，已不再重要。就如我姐说的那句，都成了诗，成了歌，成了人生故事的一部分。

我说，除了说的矫情和文艺点儿外，没毛病。

前几天，一个小伙伴儿说，他想让我写一篇历经苦难最终得到幸福的故事，说完他又说，生活哪里是童话。

我说好呀，但是我同时也想说，生活可能不全部是童话，但某一点来说，还真的处处都有那么一笔。

比如，住院期间，送我去医院，整天给我开玩笑的哥哥，一直待我如妹妹的医生，自己偷偷哭却一直安慰我的妈妈，还有那个虽不在身边，但却时刻惦念的老公。甚至那个美团外卖小哥，他把面放在我桌上走出门后，又扭头回来跟我说，加油，好好吃饭。

这可不就是童话的一撇嘛。

别对生活太苛刻，要求太多，要心怀感恩，你会发现，其实生活里处处都有童话。

比如，在每天骑着电车赶着上班，往返两次近四十里，然后赶忙回去喂孩子，带孩子，刚开始学写那些硬硬的文字（讲话类），每天忙到焦头烂额，但我仍旧愿意给自己一分钟，在小树林里停下来，理一理风吹乱的发，听一听自己内心的声音。

我相信，浅夏至时，我会习惯这样赶的生活，能腾出更多时间写一写我想写的字。

瞧，不是生活给予你什么，而是你能在百般折磨的生活里，创造出了什么。

然后，才真的有了童话。

愿我天南海北的小伙伴们，能够在自己的日子里，哪怕有坎坷，但结局都无比美好。

你不会一直拔草的

在他的办公室里放着一双布鞋，很古老，就是妈妈缝制的那种黑色布鞋。他曾指着那双破了鞋口的布鞋跟我说，每次不想努力，想放弃时，都会穿着出去跑一圈，这样就会回到最初的自己。人不是因为有了希望才努力，而是努力了才能看到希望。他是我认识的一位政治处主任，私底下，我暗自喊他布鞋主任。

他是一个连职干事，写文章高手，那家部队很有名气的报纸，同一期一个版面他能包下好几篇，有人曾开玩笑说，这家报纸一个单位一年能上稿两篇就算是让人傲娇到极致了，他简直是神。他笑着说，哪有人天生都会写东西的，我也是洗车，拔草，浇树，一步步学会的。

其他人在侃大山聊天时，他一人在思考，那种发下来的关于某个什么大会的讲话资料，我们都是接过来放在抽屉最深处，直到发下一摞时，再把这摞的空腾出来，然后不知去向。可他的每本资料上，都认认真真留有记录。我们在追连续剧时，他追的是某个大会的讲话，对着值班室的电视，一字一句听着记着，我们都说他不食人间烟火。

就是这个不食人间烟火的人，我只跟他一起工作不到半年，后来上级领导亲自找他谈话，然后直接调走。当他收拾东西离开时，所有人都非常诧异，只有我认真对他说，这不是偶然是必然，因为生活中的偶然都产生于必然之中。

我认识一名女干部，每项工作都特别认真去做，我曾跟她出差去杭州，近四十度的高温，她感冒发烧三十八度多，还是拉着皮箱找宾馆，穿着高跟鞋走很多条街去协调沟通，再复杂的事儿，到她手里都能搞定，有时领导都会吃惊，她一个女儿身怎么浑身上下有着用不完的能量。

我丝毫不诧异，因为刚认识她时，我就知道，她的未来不单单只是跑得很快干活的那个。因为，她此刻正在拼尽一切在干活儿，甚至干着别人不屑一顾的活儿。

我认识很多人，有没反穿红裤衩却正能量十足的"超人"，也有负能量爆棚的人。我记得有个连长在微信上跟我留言，他说十年了，部队霸占了他的青春，今天在地里拔了半天草，在带回的路上他在想，青春就在拔草、带人拔草中度过，这样的日子有什么意思。

我没有回复，我也不知该如何回复，只是我想说，哥们儿，你知道吗，生活本就不是让你时刻都偷着笑的，你知道什么叫生活吗？

几年前，我还没对象，介绍人问我要求什么条件的，我说当兵的，介绍人接着问我，是军官还是士官，我眨巴着眼睛说，哪个都行，只要对我好。

说句不好听的实在话，所有军官比起士官，总觉得先天有种优越感，会觉得自己是"官"，所以找对象时，有理由挑挑拣拣，觉得当士官和军官放在一起时，姑娘定会选择扛着星星的。

我自认为爱军拥军非军人不嫁这点，本姑娘可以当典范。但是我也想代表万千姑娘说的是，她们个人看军官和士官的差别几乎没有，第一她们大部分根本不懂这两者的区别；第二，无论是怎么选，她们跟我一样都想选的，是那个知冷知热对自己好的，而非身上扛不扛星星的。

于是我想说，这就是现实，军官自认为骄傲的理由，在简单真挚的感情面前，并不是骄傲的筹码，甚是有时这种骄傲的感觉，反而会吓跑喜欢你的姑娘。

这就是生活，他并不会时刻给你一个偷笑的理由，你认为应该的不一定就是对的，你认为集万千宠爱于一身的理由，有时根本连万分之一都不到。

当然说这么多，并不是抨击，了解我的人都会懂，我写字，写这么多字，只为把温暖带给这群人，我怎么舍得抨击你们。

只不过，我想让看到这篇字的每个军官都知道，生活真的不容易，他有时就是个爱开玩笑的小孩儿，但他从来不会时刻给你一个睡着笑醒的理由，这就像天上不会掉下馅儿饼一样，你没有用心努力，馅儿饼砸到你的机会是万分之零。

说到这里，你可能要跟我杠上一句，你不懂，你又不是当兵的，你又没上过军校，你懂啥？你懂那些干部子弟，你懂那些裙带关系吗？

我可以认真跟你说，我不懂部队，但我在这个环境里，生活工作了七年，除了某些特定艰苦的条件外，我的生活和工作，不比任何地方的泥泞少。

我认识一个姐姐，她可以解释你要的一切答案。

她是司令的女儿，应该说后台不大，但也不小了吧。但跟我住的一段时间，每天都会跑五公里和吃个苹果，她说，吃个苹果是让自己的生活有规律，认真生活是活在这个世界上必须做到的，身体不只是自己的，还是身边亲人的。

我是因为一句话跟她成为好朋友的，她说，自己虽然是司令的女儿，但是司令能指望一辈子吗？

她调职调得一点都不快，甚至是慢的，她说，她每走一步路都会反省，尤其是工作，她要凭自己实力走，而不是在她的名字前面加上"司令女儿"这四个字。

我见过一个连长，特年轻，却是全军正能量代表的故事，我自己是搞宣传的，我知道宣传的力度有多大，其实，每个人身上都有能挖掘出来当作典型宣传的素材。

但我更明白，那些当作先进典型的人并不是全凭文字写出来的，仅凭文字来堆砌的人生，要想感人，是根本不可能的。只有一个人存在被描写的真实事迹时，才值得用文字去渲染。

他每天都跑五公里，晚饭后练哑铃，平易近人，军事素质特别好，当然也有很多缺点，但有一点——我们都挺喜欢他的。

跟他一起集训的战友告诉我，其实他跟平常人一样，只不过任何事都能多坚持一点而已。

正是这点坚持，正是这生根的三年，五年，甚至十年，正是脚踏实地拔草、带人拔草，跑五公里，重复跑五公里的日子，才能区分得出，你这辈子会一直拔草，一直带别人拔草，还是指挥别人带他人拔草。当然这只是个例子，并不是部队每天都在拔草。

我不敢说，我说的话是绝对的——关于没有努力，就没有收获这句。可我敢说，我说的百分之九十九是对的，那一点误差，就在每个看到这篇文章的军官心底，是你不愿意承认而已。

炎热的夏天拔草，冰冷的冬天扫树叶，大家都说和平年代的兵都是这样度过的，和平年代的军官，都是在指挥拔草和指挥扫树叶中度过的。

我每次听到这些，都会忍不住自己的暴脾气，无论在哪儿，单枪匹马也会跟人争论，我总说，你有资格说吗？你去拔拔试试？你去扫扫试试？你让你儿子去拔拔，去扫扫试试！

我不是愤青，我只是想说，看到这篇文章的军官，本姑娘一改温暖的文风，写出这篇励志文章，只是想让你们穿着体能服的短裤也能穿出超人红裤衩的效果，即使十年了，你还处在带人拔草的境地，也不要灰心，不要气馁，你要相信，即使拔草，你也是最优秀的那个。

即使拔草，也要用力拔，使劲儿拔，用心拔，在未来回忆时，能对自己说出那句——扛着星拔草，每一分都过得很充实，那几年并不是对生命的浪费，而是我用心扎根的青春的话！

作者手记：这篇文章当我发在微信公众号"第二人生"后，在朋友圈里刷了屏，点击率10万＋。这本文集收录的文章有限，一直在做文章的删减，却舍不得删掉这篇文章，虽然看起来与整本书的文风有些不搭，但我仍固执地保留了下来。因为我想让所有看到这本书的人知道，军旅生活的单调、枯燥、千篇一律，这些穿军装的人正在忍受着苦难、寂寞、孤独，他们用自己的青春，乃至生命护你周全。如若可以，请你在心底留一个位置，放上对他们的尊重，相信我，他们值得。当然，我更想让身着戎装的军人再果敢一点、再执着一点，相信我，现在越努力，未来才越有资本，现在拔的不是草，是用力扎根的青春。

余生这么长，我们终会再相遇

　　小城的七月，木槿开满街两旁，晨光点点落在淡紫色的小花儿上，我骑着电车走过，忍不住停下来，仔细嗅着。

　　我想，这大抵就是纷乱嘈杂的生活里，偷得的几片诗意了吧。

　　最近朋友圈儿里刷满了"延禧攻略"，忍不住趁言之睡觉，去看了几集，可这一看一发不可收拾，看璎珞一点就着的脾气，看她睚眦必报却懂得拼尽全力报恩，善良却执着的样子，我感慨着，可我最感动的，是皇后待她的好。

　　皇后教她读书识字，教她为人处世，皇后宠她惯她护着她，护着她不顾一切的性格，护着独树一帜坚持做自己的她。突然就想起了以前，我也有个姐姐护着我，护着我的天真，我的个性，从不允许别人欺负我。她说，我那么骄傲，那么执着，对生活那么不服输，她该陪着我。

　　我看到璎珞去了辛者库后，在剪草时与皇后相遇，她眼底的倔强和期望，怀念与不舍，委屈不甘和担心的情绪交汇在眸子里时，凌晨两点，我哭得稀里哗啦。

我们都舍不得向过去告别，并不是我们的过去太好，而是舍不得忘记，在最泥泞的日子里，曾全心全意陪着自己走过一程又一程的人，从陌路相逢到把彼此镶嵌在记忆里。

　　不敢回忆，想起来就会哭，我不是魏璎珞，却真的遇到了那个真心待我的皇后，至今一年多了，我欠她一顿告别宴，我固执地认为，只要不吃那顿饭，我们就一直在一起。

　　一起走在深夜加班回家的路上，雪花恰到好处地落在她黄色羽绒服的帽子上；一起去逛街；一起躲在值班室的休息屋里看电视吃麻辣面；一起出差，在杭州西湖的断桥旁，晒到满身出盐。

　　她会在别人欺负我时，挺身而出，甚少发脾气的她，大发雷霆。她会为我争取我不争的利益，不惜跟别人红脸。

　　后来，她生气时，科里的小伙伴儿会喊着我去哄哄。就像皇后生气，喊璎珞去哄时一模一样。

　　不敢想，也不敢回忆。好像一切都那么近，仿佛我推开办公室门，她就在看着我笑，微信里她说，下班跟我一起回家，阿姨做了你的饭。

　　可，我太笨，终不是魏璎珞，只能坐在这里写到这句眷恋时，没出息到哭鼻子。

　　回到小城，很多的不习惯，我看不懂很多人眼睛里的故事，却还固执地要命，在点滴间坚持做自己。

　　于是，一个自家哥哥问我，你真的在大机关待了五年，我说，是呀。

　　他又问，你怎么活下来的。

　　我坐下来思考了许久，至今就像嗓子眼儿里堵了没咽下去的东西一样，憋的很，却找不出答案。

　　直到我看到了魏璎珞，其实，璎珞之所以特别，是因为坚持本真，极力做好每件事，执着果敢、用心待人。

　　所以，电视前的我们都喜欢着她，她就像一朵开在路旁的木槿，干净纯粹，不卑不亢地在寂寥的街边，开着淡紫色的小花儿，随风散着淡淡清香。

其实，单纯也挺讨人喜欢的，不是吗？

我们都是上天丢在尘世里的凡夫俗子，在自己的世界里做着自己认为正确的事，其实哪里有什么对错，只看心在哪里，只要是自己心生欢喜的生活，就够了，人生不就是如此而已。

学不会的就算了吧，就像璎珞一样，苟同不了的，就笑着挥手吧。

我还是更愿意走在四季变换的小城里，看一看四季的美景，嗅一嗅花开的味道，让慢下来的日子里，藏着自己的思绪和回忆。

我也会在这拔刀相向的天涯里，寻得一份欣喜。

比如，那个不舍得吃却一直留给我葡萄，总帮我拔掉我忘拔的电动车钥匙的预备役弟弟，那个吃饭时使劲儿掰掉一个鸡腿递给我的大厨伯伯，冒着大雨陪我逛街的姐姐，从不让我洗碗帮我带言之让我休息的爸妈，还有那个一直跟我说，我可以一直任性，不用长大的老公。

正是这些让我倍感温暖的遇见，让我更愿意敞开心扉对待每个遇见的人，正是这些最琐碎的真诚，让我更愿意坚定自己的内心所感受到的故事。

瞧，余生这么长，我们终将和最美好的自己，和守护着美好的温暖相遇，让我们不禁感慨，这甚好的岁月里，遇到过甚好的你。